Die drei ???®

1.000 Spuren
DEIN FALL
Deine Lösung

Hotel der Diebe

Die drei
???®

1.000 Spuren
DEIN FALL
Deine Lösung

Hotel der Diebe

erzählt von Christoph Dittert

KOSMOS
bei CARLSEN

Unter anderem in der Reihe Die drei ???® im Carlsen Verlag lieferbar:

Die drei ??? – Dämon der Rache
Die drei ??? – Der Geist des Goldgräbers
Die drei ??? – Die Höhle des Grauens
Die drei ??? – Die sieben Tore
Die drei ??? – Die Spur des Spielers
Die drei ??? – Fußball-Teufel
Die drei ??? – GPS-Gangster
Die drei ??? – Im Schatten des Giganten
Die drei ??? – Im Zeichen der Schlangen
Die drei ??? und das blaue Biest
Die drei ??? und der Fluch des Rubins
Die drei ??? und der Meister des Todes
Die drei ??? und der seltsame Wecker
Die drei ??? und der sprechende Totenkopf / und die brennende Stadt
Die drei ??? und der Tanzende Teufel
Die drei ??? und der verschollene Pilot
Die drei ??? und der verschwundene Schatz / Die Rache des Untoten
Die drei ??? und die Geisterinsel
Die drei ??? und die rätselhaften Bilder

FSC
www.fsc.org
MIX
Papier aus verantwortungsvollen Quellen
FSC® C083411

Veröffentlicht im Carlsen Verlag
Februar 2020
Mit freundlicher Genehmigung des Franckh-Kosmos Verlages
und der Universität Michigan

Based on characters by Robert Arthur
Umschlagbild: Helge Vogt, trickwelt.com
Umschlaggestaltung: formlabor
Corporate Design Taschenbuch: bell étage
Gesetzt aus der Garamond von Dörlemann Satz, Lemförde
ISBN 978-3-551-31846-6

Lieber Leser,

du bist gern mitten im Geschehen, analysierst und kombinierst ebenso scharfsinnig wie unser Erster Detektiv Justus Jonas? Vorsichtig wählst du die Herausforderungen, denen du dich stellst, beweist aber Mut, wenn es doch mal brenzlig wird – wie der Zweite Detektiv, Peter Shaw? Bevor du eine Entscheidung triffst, willst du gern mehr wissen und die Hintergründe eines Falls genau kennen? Bob Andrews, unser Spezialist für Recherche und Archiv, macht es genauso.
Du hast beim Lesen mindestens ein- und höchstens dreimal genickt? Dann bist du hier genau richtig. Vor dir liegt ein neuer Fall der drei ???. Nicht nur irgendein Fall – *dein Fall!* Gemeinsam mit den drei Detektiven begibst du dich auf die Spur eines Gegners, der just hinter der nächsten Ecke des Hotelflurs verschwindet, bevor du ihn am Kragen packen kannst. Ein Schatten – oder vielleicht mehrere? – zwischen Dachboden und Tiefgarage, der gierig nach den Dingen greift, die im falschen Moment unbewacht geblieben sind.
Fühlst du dich der Aufgabe gewachsen? Dann herzlich willkommen! Check ein ins »Hotel der Diebe«. Aber bevor du es dir auf dem Sofa in der Luxussuite gemütlich machst und beim Zimmerservice den großen Eisbecher bestellst: Die drei ??? brauchen jetzt deinen Spürsinn und deine Entschlossenheit! Nur gemeinsam könnt ihr diesen Fall lösen.

Viel Erfolg!

Personenverzeichnis

Anthony Allamore, Rezeptionist im Derlin-Hotel
Melissa, ein hübsches Mädchen im Alter der drei ???
Flo und Mary Hilson, Geschwisterkinder und Hotelgäste
Mr und Mrs Hilson, die Eltern von Flo und Mary
Janice, eine Hausdame im Derlin-Hotel
Monica Riker, Leiterin der Buchhaltung dort
Inspektor Barrany, Polizist aus Los Angeles
Officer Clanton, Barranys Partner
Stephen Carter, ein Servicemitarbeiter des Hotels
Franciszek Krolop, Technikmeister im Hotel
Justus Jameson, Mieter einer Luxuswohnung im Derlin-Hotel
Jeremy Styles, Mr Krolops Vorgänger

… **und du** – denn du triffst die Entscheidungen!

»Wenn ich mich so umschaue, dann wundert mich das ja nicht!«, sagte Peter Shaw, der Zweite Detektiv.
Justus Jonas ließ sich in einen schwarzen Ledersessel fallen. Der war so bequem, dass er sofort hätte wegdämmern können. »Und was, Kollege?«
»Na, dass irgendwelche Diebe ausgerechnet in so einem Hotel auf die Idee kommen, Einbrüche zu begehen. Dieser riesige Hotelturm sieht ja von außen schon total nobel aus. Wenn sich Diebstahl irgendwo lohnt, dann doch wohl hier. Hier stinkt's ja an jeder Ecke nach Geld.«
Justus reckte den Kopf wie ein Raubtier, das Witterung aufnimmt, und schnupperte theatralisch die Luft der Empfangshalle. An der Hotelrezeption standen ein Mann und eine Frau, die vor ihnen angekommen waren. Der Erste Detektiv verkniff sich mühsam ein Grinsen. »Ich rieche nichts.«
»Sehr lustig, Erster.« Bob Andrews saß auf seinem kleinen Koffer und sah so aus, wie er sich fühlte: völlig erschöpft und müde. Er hätte auf der Stelle einschlafen und die Empfangshalle mit seinen Schnarchgeräuschen füllen können.
Hinter den drei ??? lag ein harter und anstrengender Freitag. Zuerst waren sie viel zu früh aufgestanden, um in die Schule zu gehen, und auch nach Unterrichtsschluss hatte es nicht die verdiente Wochenendruhe gegeben. Stattdessen hatten sie sich ein paar Dollar damit verdient, auf dem Schrottplatz von Justus' Onkel Titus zu schuften. Vor drei Stunden waren sie völlig zerschlagen in ihre Zentrale gegangen, um dort den Keksvorrat zu plündern und endlich auszuruhen …
… doch das war ihnen nicht vergönnt gewesen! In Form eines seltsamen Briefes hatte bereits Detektivarbeit auf sie gewartet.

Ein neuer Fall für die drei Detektive! Eine anonyme Absenderin hatte ihnen einen Übernachtungsgutschein für das noble Derlin-Hotel in Los Angeles zugeschickt mit der Bitte, dort eine Serie von mysteriösen Diebstählen aufzuklären: Unbekannte waren in den vergangenen Tagen in einige Büros im Verwaltungstrakt eingebrochen. Im Wellness-Bereich waren auch Gäste des Hotels geschädigt worden. Die erklärende Notiz, das zeigte die Handschrift, kam von einer Frau; mehr konnten die drei ??? nicht sagen.

»Ein anonymer Hilferuf nach so einem Tag«, hatte Peter gesagt und ausgiebig geächzt. »Das muss echt nicht sein.« Aber auch ihn hatte die Aussicht auf ein Wochenende im Luxushotel hellhörig gemacht. Das Derlin-Hotel war eines der besten in Los Angeles. Eine Übernachtung dort war nicht billig – und die Detektive waren sich nach einer eingehenden Untersuchung in ihrem kleinen Labor sicher, dass der Gutschein echt war: zwei Nächte in zwei nebeneinanderliegenden Zimmern. »Mit Frühstück«, wie Justus betont hatte.

Jetzt waren endlich sie mit dem Einchecken an der Reihe. Justus warf einen Blick auf das Namensschild des sehr freundlichen jungen Mannes mit den schwarzen Haaren, der sie am Empfang willkommen hieß: ANTHONY ALLAMORE. »Wir würden gern diesen Gutschein einlösen. Ich bin Justus Jonas.« Er reichte dem Rezeptionisten das Blatt.

Allamore lächelte freundlich. »Zwei miteinander verbundene Doppelzimmer im vierten Stock. Bis Sonntag, einschließlich Frühstück. Das gibt's in dem Raum direkt hinter euch.« Er wies mit ausgestrecktem Arm zwischen den Jungen hindurch. »Ihr wohnt in den Zimmern 408 und 409. Ich gebe jedem von euch eine Türkarte. Ihr müsst eine davon im Aufzug vor das Sensorfeld halten, nur dann könnt ihr euren Stock anwählen.« Mr Allamore zog drei weiße Plastikkarten durch ein Lesegerät und reichte sie Justus. »Habt ihr noch Fragen?«

Ja, dachte Justus, tausende. Zum Beispiel, wer uns hierher eingeladen hat, um uns mit diesem Fall zu betrauen, über den wir bisher kaum etwas wissen. Aber das wollte er nicht ausgerechnet mit dem Rezeptionisten besprechen, der gerade zufällig Dienst hatte.

Die drei ??? schnappten sich ihre Koffer. »Also auf ins Zimmer und dann ins Hotel-Schwimmbad«, sagte Peter.

Bob verdrehte die Augen. »Du willst doch nicht ernsthaft heute noch schwimmen gehen? Ich bin todmüde!«

»Schwimmen?«, fragte Peter. »Quatsch! Die bestohlenen Verwaltungsangestellten können wir erst morgen befragen. Aber im Wellness-Bereich können wir uns jetzt schon umsehen. Dort gab es schließlich auch Diebstähle!«

»Du willst dich also um den Fall kümmern«, meinte Justus, den zwar einerseits ebenso die detektivische Neugier antrieb, der sich aber andererseits so hundemüde wie Bob fühlte.

Peter drückte den Rufknopf des Aufzugs. »Ein Detektiv muss allzeit bereit sein! Ausruhen können wir uns auch noch, wenn der Fall gelöst ist.«

»Na ja«, erwiderte Justus, »›Allzeit bereit‹ steht zwar nicht auf unserer Visitenkarte, sondern ›Wir übernehmen jeden Fall‹. Aber okay, ich bin ja auch neugierig, was es mit diesen Diebstählen auf sich hat.«

Weiter auf Seite 30.

Du bist von Seite 102 hierhergelangt.

Peter ballte die Fäuste. Sein Fluchtversuch war gescheitert. Aber das hieß nicht, dass er endgültig aufgegeben hatte. Alles zu seiner Zeit, sagte er sich. Es würde sich schon noch eine Gelegenheit zur Flucht ergeben.
Er spürte sein Herz schmerzhaft im Hals schlagen und beim Atmen zog er den rauen, eng an seinem Gesicht liegenden Sackstoff unfreiwillig zwischen die Lippen. Er versuchte ihn mit der Zunge wegzustoßen.
Der Zweite Detektiv hörte, wie sich die Aufzugstür schloss.
»Gut so«, krächzte sein Entführer mit verstellter, rauer Stimme. »Sei vernünftig, dann passiert dir nichts. Zumindest nichts wirklich Schlimmes.«
Peter versuchte sich zu konzentrieren. Kannte er die Stimme? Hatte er sie schon einmal gehört? Es fiel ihm schwer, ruhig zu bleiben. Nun erst wurde ihm richtig klar, in was für einer schrecklichen Situation er steckte. Offenbar griff der Hoteldieb zu rabiaten Mitteln, um die drei ??? aus dem Verkehr zu ziehen. Sie waren ihm wohl dichter auf den Fersen gewesen, als sie selbst bemerkt hatten.
»Gib mir dein Handy«, verlangte der andere.
Peter gehorchte und fischte in seiner Hosentasche danach. Ihm wurde klar, wie verrückt das alles war. Jemand entführte ihn und fuhr in aller Seelenruhe mit dem Aufzug? Der Lift konnte doch jederzeit in einem Stockwerk stoppen, weil jemand einsteigen wollte. Was dann? Jeder Besucher würde sofort sehen, was hier vor sich ging. Da stimmte etwas nicht!
Peter dachte fieberhaft nach, während ihm der Entführer das Handy aus der Hand riss. Damit war Peter von seinen Freunden abgeschnitten.

Ob sie schon nach ihm suchten? Nein, so viel Zeit war noch gar nicht vergangen. Sie würden erst in einigen Minuten misstrauisch werden.
Was ging wohl in seinem Gegner vor? Hatte er tatsächlich keine Angst, entdeckt zu werden? Oder hatte er die Gewissheit, nicht gestört zu werden? Aber wie konnte er sich da so sicher sein?
Tausend Fragen stiegen in Peter hoch, doch er fand keine Antworten. Zunächst hieß es, abzuwarten und dabei einen kühlen Kopf zu bewahren. Nur wenn er scharf nachdachte und keinen Fehler beging, konnte er die Situation vielleicht doch noch zum Guten wenden.
Der Aufzug stoppte mit einem Ruck.
Der Unbekannte packte Peter am Oberarm. »Ich nehme dir jetzt den Sack ab«, sagte er mit tiefer, rauer Stimme. Peter war sich absolut sicher, dass er sie verstellte – sie klang unnatürlich. »Du gehst voraus zur Tiefgarage. Und ich warne dich: Mach keine Mätzchen. Ich bleibe die ganze Zeit über hinter dir und du drehst dich nicht um, sonst wirst du es bereuen, klar? Ich habe eine Waffe!«

Soll Peter die nächstbeste Gelegenheit ergreifen und erneut einen Fluchtversuch starten? Lies weiter auf Seite 82.
Oder geh zu Seite 72, wenn der Zweite Detektiv cool bleiben und sich weiterhin fügen soll.

Du bist von Seite 121 hierhergelangt.

Peter rannte dem flüchtenden Mr Carter hinterher, während der Alarm weiterheulte. Es war erstaunlich einfach gewesen, den Täter ausfindig zu machen – nur nutzte das überhaupt nichts, wenn Carter entkam. Der Zweite Detektiv hetzte die Stufen hinunter. Das enervierende Heulen hallte im leeren Treppenhaus. Im Hotel mussten nun alle denken, dass es zu einem Notfall gekommen war, einem Brand vielleicht? Oder kam es so oft vor, dass irgendein unbedarfter Gast die Tür zum Treppenhaus öffnete, dass viele gar nicht mehr darauf reagierten?

Stephen Carter erwies sich trotz seiner untersetzten Statur als erstaunlich schnell und wendig. Peter war zwar der Sportlichste der drei ???, aber er holte kaum auf, während es Stockwerk um Stockwerk nach unten ging. Beide nahmen immer etliche Stufen auf einmal. Carter war seinem Verfolger zwei oder drei Treppenabsätze voraus. Peter sprang über acht Stufen bis zum nächsten Absatz. Den Aufprall federte er ab und griff nach dem Geländer, um nicht das Gleichgewicht zu verlieren.

Zwei Absätze tiefer warf Carter einen Blick über die Schulter nach oben und starrte den Zweiten Detektiv an. Dabei geriet er ins Straucheln, was Peter die Gelegenheit gab, aufzuholen. Noch ein Stockwerk tiefer. Schmerzhaft stach es in seinen Lungen und der Seite.

Dann, noch nicht ganz unten angekommen, riss Carter unvermutet die Tür auf, die zurück zu den Hotelfluren führte. Was hatte er vor?

Keine zwei Atemzüge nach dem Flüchtenden riss Peter die Tür auf und hetzte hindurch. Er sah sich zu beiden Seiten um. Nichts zu sehen!

Aber es war sehr wohl etwas zu hören. Eine Tür fiel ins Schloss. Im Unterschied zu seinem Verfolger konnte Stephen Carter dank seiner Generalkarte jedes Zimmer betreten. Aber was wollte er dort? Dauerhaft konnte er sich nicht verstecken. Plötzlich fiel es Peter wie Schuppen von den Augen. Er las die Zimmernummer. Sie befanden sich inzwischen im ersten Stock, nur etwa drei oder vier Meter über der Straße. Carter konnte mit einigem Geschick durchaus aus dem Fenster klettern und draußen auf Nimmerwiedersehen verschwinden! Was sollte der Zweite Detektiv tun? Was, wenn Carter im Zimmer blieb, weil er damit rechnete, dass Peter nach draußen lief? Verflixt! Peter zog sein Handy, rief Bob an. »Kommt runter! Zimmer 104. Carter ist da drin, er ist der Dieb! Passt ihr auf, dass er nicht aus dem Zimmer kommt! Beeilt euch ... ich muss weg!« Ohne eine weitere Erklärung legte er auf. Während des Telefonats hatte er sich umgesehen. Eine Zimmertür in der Nähe stand offen. Nun blieben ihm zwei Möglichkeiten ...

Welche soll er wählen? Ins fremde Zimmer gehen und dort aus dem Fenster klettern? Das liest du auf Seite 62.
Oder zurück ins Treppenhaus und auf dem sicheren Weg nach draußen, der aber Zeit kostet? Geh zu Seite 78.

Du bist von Seite 57 hierhergelangt.

Die drei ??? bauten die Stützkonstruktion wieder ab. Das Rolltor rutschte nach unten und sah perfekt geschlossen aus. Nun mussten sie Mrs Riker warnen und sich zugleich möglichst wenig sehen lassen. Ihr Entführer durfte nicht mitbekommen, dass ihnen die Flucht gelungen war.
Zum Glück kam ihnen auf dem Weg zum Büro ihrer Auftraggeberin niemand entgegen. Peter und Bob löcherten Justus bereits mit Fragen, doch der winkte ab: »Nicht jetzt. Ich erkläre euch meinen Verdacht gleich in Ruhe im Büro.«
Sie klopften und waren froh, dass Mrs Riker tatsächlich im Raum war. Erleichtert schloss Justus die Tür hinter ihnen. »In Sicherheit«, sagte er. Ihre Auftraggeberin schaute die drei ??? verwundert an. »Wir erklären Ihnen alles«, sagte der Erste Detektiv. »Uns bleibt nicht mehr viel Zeit. Der Dieb steht kurz vor der Vollendung seines Plans, worin auch immer dieser genau besteht. Davon habe auch ich noch keine Ahnung, wie ich zugeben muss.«
»Aber wir haben einen Verdacht, wer es ist!«, sagte Bob. »Äh … na ja … haben wir doch, richtig?«
»Völlig korrekt«, sagte Justus betont. »Das haben wir. Nach dem, was Peter erlebt hat, glaube ich nicht mehr, dass es ein Mieter wie etwa Mr Jameson sein kann oder ein beliebiger anderer Gast des Hotels.«
»Richtig«, ergänzte der Zweite Detektiv. »Er hat mich überfallen und in den Aufzug gestoßen. Dort muss er irgendwie vorgesorgt haben, damit niemand unsere Fahrt unterwegs anhalten und zusteigen konnte. Erst unten hat er mir den Sack vom Kopf gezogen und mich mit der Waffe bedroht. So konnte ich ihn die ganze Zeit über nicht erkennen.«

»W-was?« Mrs Riker wurde bleich. »Überfallen? Einen … einen Sack und eine Waffe?« Sie klang völlig fassungslos.
»Er hat unsere Handys gestohlen, uns alle bedroht und uns in den Kühlraum in der Tiefgarage eingesperrt«, sagte Justus in seinem besten Oberlehrer-Tonfall, als würde er über etwas berichten, das er in einem Spielfilm gesehen hatte. »Die Sache mit Peter beweist, dass er über eine spezielle Chipkarte verfügt, die den Aufzug auf Vorrang schaltet. Kein anderer konnte ihn stoppen. Außerdem kennt er sich im Hotel perfekt aus und hatte einen Schlüssel für den Kühlraum. Er hat die Belüftungsanlage in Betrieb genommen. Na – fällt der Groschen nicht auch bei euch? Es ist so offensichtlich, aber in der ganzen Aufregung bin selbst ich nicht gleich darauf gekommen.«
»Mr Krolop!«, entfuhr es Peter und Bob gleichzeitig.
Justus grinste triumphierend. »Natürlich! Er hat sich mit einem Mantel und einer Maske unkenntlich gemacht, aber von der Statur her passt das. Außerdem war ausgerechnet er es, der Bob und mir überhaupt den Tipp gegeben hat, dass Peter über die Tiefgarage aus dem Hotel geschafft werden könnte. Krolop ist unser Gegner – der Technikmeister des Hotels!« Justus legte die Fingerspitzen beider Hände gegeneinander. »Fragt sich nur, was er eigentlich will … und was wir nun tun sollen! Es bleiben zwei Möglichkeiten.«

Geh zu Seite 103, wenn die drei ??? Mr Krolop direkt mit ihrem Verdacht konfrontieren sollen.
Oder zu Seite 40, wenn sie ihn zunächst aus dem Verborgenen heraus beobachten sollen.

Du bist von Seite 107 hierhergelangt.

»Das kannst du doch nicht machen!«, sagte Justus.
Peter zögerte, stellte dann den Blumentopf ab. »Hast recht. War wohl ein bisschen zu brachial, diese Idee.«
»Es muss eine Alternative geben!« Der Erste Detektiv versuchte in Ruhe nachzudenken und knetete seine Unterlippe. Nur wollte ihm partout keine andere Lösung einfallen.
Wieder klopften sie gegen die Scheiben, wieder hörte sie niemand. Bob ging zur Brüstung des Dachbalkons und winkte aufgeregt, doch zwanzig Stockwerke tiefer nahm das niemand wahr. Auch schreien konnte er, so laut er wollte: Niemand hörte ihn.
Der Erste Detektiv tigerte unruhig hin und her. Jede Sekunde, die ungenutzt verging, verschaffte Krolop einen Vorteil. Wahrscheinlich stand er längst auf dem Dach und suchte unter den goldenen Zinnen nach derjenigen, die sein kauziger Vorgänger als Versteck für das unterschlagene Vermögen gewählt hatte.
Irgendwann gab Justus auf.
Sie mussten den Tatsachen ins Auge blicken: Sie saßen fest. Früher oder später würde sie jemand befreien, aber dann war es zu spät. Nur wenn sie sofort handelten, blieb ihnen vielleicht noch eine Chance.
Also setzten sie Peters radikalen Plan doch noch in die Tat um. Die Scheibe zerbarst erst bei dem zweiten Versuch krachend. Tausend Splitter und der fest geworfene Blumentopf regneten ins Innere der Luxuswohnung. Der Topf landete auf dem Bett und Erde ergoss sich ins Innere des Schlafzimmers. Eine Riesen-Schweinerei – doch darum würden sie sich später kümmern. Sie stiegen durch die zersplitterten Scheibenreste,

eilten die Wendeltreppe hinab zum Ausgang und verließen die Wohnung.
Mit dem Aufzug fuhren sie wieder ganz nach oben und nahmen dann das Treppenhaus zum Dach. Den Weg kannten sie inzwischen.
Die Dachluke stand offen, eine schmale Leiter führte hinauf. Peter stieg als Erster vorsichtig hinauf, stets darauf gefasst, dass Krolop ihn angreifen würde.
Doch ihr Gegner war nicht mehr da. Stattdessen war die goldverzierte Metallverkleidung einer der gemauerten Zinnen achtlos auf den Boden geworfen worden. Darunter musste das Geld versteckt gewesen sein.

Von Mr Krolop hörten sie nie wieder etwas und die 100 000 Dollar blieben für immer verschollen.
Der Fall um das Derlin-Hotel und die goldene Zinne war ein einziges Desaster gewesen, vom Ärger mit dem erbosten Mr Jameson wegen der zerstörten Scheibe gar nicht zu reden.
Kein Wunder, dass Bob im Archiv die Fallakte ganz weit unten verstaute, denn an diesen Misserfolg wollten sie nicht erinnert werden …

Du bist von Seite 36, 110 oder 115 hierhergelangt.

Die drei ??? befanden sich in einem dunklen Raum. Der breitschultrige Mann im Anzug, der vor der Tür stand wie ein Wachhund, hatte sie nacheinander im Schwimmbadbereich eingesammelt. »Ihr seid mir ja schöne Früchtchen! Der eine wirft sich schamlos auf ein Mädchen.«
»Ich bin ausgerutscht«, sagte Bob kleinlaut.
Der Mann deutete unbeeindruckt auf Peter. »Der Nächste dringt in eine Kabine ein, wo sich gerade eine Frau umzieht!«
»Ich habe sie missverstanden«, meinte der Zweite Detektiv.
Sein Gegenüber winkte ab und deutete auf Justus. »Und du bist auch nicht besser. Fragst ein Kind aus und wirfst es ins Wasser, weil es dir nicht antworten will. Schäm dich!«
Der Erste Detektiv bewahrte nur mit Mühe die Fassung. »Ich bin ebenso unschuldig wie meine Freunde. Ich bin nur erschrocken, weil der Vater des Mädchens …«
»Das will ich gar nicht hören!«, herrschte der Mann ihn an. »Ihr bleibt hier drin.« Er verließ den Raum.
»Kollegen«, meinte Peter, »sieht so aus, als hätten wir uns alle drei heute Abend nicht mit Ruhm bekleckert.«
Der Anführer der drei ??? räusperte sich. »Wenn man davon absieht, dass Ruhm nicht kleckert, kommt man wohl nicht umhin, dieser Auffassung zuzustimmen.«
Bob starrte ihn an. »Just, so redet wirklich niemand außer dir. Aber jetzt sagt mal, was ist euch eigentlich passiert?«
Alle drei sprachen wild durcheinander, wollten sich gegenseitig berichten, was sie unten im Schwimmbad-Bereich erlebt hatten.
Mitten in ihrem Redeschwall ging die Tür wieder auf und eine junge Frau trat ein. Das dunkelblonde Haar trug sie seit-

lich über dem Auge gescheitelt, die Spitzen bogen sich nach außen, direkt über einem lose fallenden Halstuch. Sie trug ein Namensschild: MONICA RIKER. Sie seufzte. »Wisst ihr, normalerweise bin ich eine Frohnatur. Und ich habe wirklich Hoffnungen in euch gesetzt.«
Justus verstand sofort, was das bedeutete. »Also haben Sie uns ins Hotel eingeladen?«
»Weil ich dachte, ihr könntet uns helfen.« Mrs Riker verschränkte die Arme vor der Brust. »Da habe ich mich wohl getäuscht. Noch tölpelhafter und auffälliger hättet ihr euch nicht verhalten können! Ich habe mich an euch gewendet, weil ihr als Jungen unauffällig ermitteln könnt – das kann man nun getrost vergessen. Ich versuche, die geschädigten Gäste zu beruhigen. Für euch heißt das aber, dass ihr von hier verschwinden müsst! Der Fall ist gelaufen.«
»Wie sind Sie überhaupt auf uns gekommen?«, fragte Justus. »Was genau hat es mit den Diebstählen auf sich?«
»Ich sehe keinen Grund, euch das noch zu erzählen«, sagte Mrs Riker. »Für euch sogenannte Detektive heißt es nun: Das war's! Diesen Fall habt ihr nicht gelöst.«

Kein gutes Ende für diesen Fall! Das ist dumm gelaufen für die drei ???. Ein Detektiv sollte eben nie unausgeschlafen ermitteln …

Du bist von Seite 77 hierhergelangt.

Es ging noch eine Weile hin und her, doch als sie ihr Frühstück beendet hatten, wussten die drei ???, wie sie weiter vorgehen wollten. Sie entschieden sich, zunächst Bobs Vorschlag zu folgen und geheim zu ermitteln.

»Tschüss!«, krähte ihnen das rot gelockte Mädchen vom Nachbartisch entgegen, als sie aufstanden. Als sie an der Rezeption vorbeigingen, fiel Justus auf, dass dort schon wieder Mr Allamore arbeitete – derselbe Mann, bei dem sie am Abend zuvor eingecheckt hatten.

Sie fuhren nach oben zu ihren Zimmern; diesmal kam einer der beiden kleineren Aufzüge. »Warum der andere wohl so groß ist?«, fragte Justus.

»Dafür gibt's bestimmt keinen Grund«, meinte Peter.

»Irgendeinen Grund gibt es sicher«, widersprach Justus.

Der Zweite Detektiv verdrehte die Augen. »Dann lass es mich so ausdrücken: Es ist mir eigentlich total egal. Du witterst aber auch überall ein Geheimnis, was? Ich wäre gar nicht auf die Idee gekommen, mir diese Frage zu stellen.«

»Ich bin eben neugierig«, meinte Justus entschuldigend.

Oben angekommen, entdeckten sie eine der Hausdamen auf dem Flur. Das Zimmermädchen stand an einem metallenen Schiebewagen, auf dem sich frische Bettwäsche, Shampoofläschchen, Süßigkeiten und Getränke für die Minibars in den Zimmern türmten.

»Und was sollen wir jetzt sagen?«, fragte Bob.

»Überlass das mir«, meinte Peter forsch und ging auf die junge Frau zu.

Ob er sich gut schlagen wird, erfährst du auf Seite 100.

Du bist von Seite 122 hierhergelangt.

Peter verwarf seinen Plan, sofort einen Ausbruchsversuch zu wagen. Er hatte schon zu viel riskiert, was mehr als einmal fast schiefgegangen wäre. Also wartete er zunächst ab, bis das Rolltor auf den Boden schlug und sich damit verriegelte.

Die Taschenlampe, die Peter in dem engen Raum entdeckt hatte, verhinderte wenigstens, dass sie in völliger Dunkelheit ausharren mussten. Die drei ??? tauschten sich aus, wie sie jeweils in diese Situation gekommen waren. Ihr unbekannter Gegner hatte Peter bei den Aufzügen überwältigt, Justus und Bob in der Tiefgarage. »Er hat uns alle übertölpelt«, sagte der Anführer der drei ??? zerknirscht.

»Und jetzt?«, fragte Peter. »Sollen wir tatsächlich die ganze Zeit hier abwarten?«

»Ich traue ihm zu, dass er seine Drohung wahr macht und es Mrs Riker büßen lässt, wenn wir um Hilfe rufen. Vielleicht hat er ein Mikrofon vor dem Tor versteckt oder so etwas.« Der Erste Detektiv seufzte. »Und ich wüsste nicht, wie wir sonst hier herauskommen sollen.«

»Dann lasst euch gesagt sein«, kündigte Peter an, »dass es hier drin verflixt kalt wird. Wir sollten in Bewegung bleiben.«

Das taten sie auch … stundenlang. Erst am frühen Abend öffnete ein Mitarbeiter des Hotels das Tor von außen – genau wie ihr Entführer es versprochen hatte.

Die drei ??? fanden nie heraus, wer der Entführer gewesen war oder was genau er mit seinen Einbrüchen bezweckt hatte. Der Unbekannte trat im Hotel nie wieder als Dieb in Erscheinung. Sein Plan war offenbar aufgegangen, sehr zum Leidwesen der drei Detektive aus Rocky Beach.

Du bist von Seite 43 hierhergelangt.

»Eine schreckliche Nachricht?«, wiederholte Justus. »Was meinen Sie damit, Mrs Riker? Bitte erzählen Sie!«

Sie nickte und sah alles andere als glücklich aus. »Zum ersten Mal ist in das Zimmer eines unserer Gäste eingebrochen worden. Während des Frühstücks.«

»Können wir uns vor Ort umsehen?«, bat Peter. »Es ist wichtig, dass wir den Tatort sehen.«

»Die Familie ist noch unten an der Rezeption. Ich habe vereinbart, dass wir uns in zehn Minuten in ihrem Zimmer treffen.«

»Warum erfahren Sie das eigentlich?«, wunderte sich Bob. »Was hat die Leiterin der Buchhaltung mit den Diebstählen zu tun?«

»Seit in mein Büro eingebrochen wurde, interessiere ich mich besonders für die Vorfälle«, erklärte sie. »Ich bin seitdem die interne Ansprechpartnerin – irgendjemand muss das ja machen, und als ich sagte, ich würde es übernehmen, hat sich niemand dagegen gewehrt. Im Gegenteil, alle waren froh, dass ich mich freiwillig zur Verfügung gestellt habe. Natürlich kümmert sich die Polizei darum, aber hier im Hotel wendet sich jeder an mich.«

Monica Riker zwinkerte den drei Jungen zu. »Im Geheimen ermittelt nun auch ihr … zumindest wenn ihr meinen Auftrag annehmt, was ich sehr hoffe.«

»Aber sicher«, erwiderte Justus. »Unser Leitspruch lautet: Wir übernehmen jeden Fall!« Er legte eine ihrer Visitenkarten auf den Tisch. »Das gilt auch diesmal, da gibt es keine Ausnahmen.«

Ihre Auftraggeberin nahm die Karte. Sie lächelte versonnen.

»Barbara hat mir schon eine geschickt und mich gebeten, gut darauf zu achten und sie ihr zurückzugeben. Die Karte bedeutet ihr offensichtlich einiges.«

»Leider hat die Familie schon die Polizei informiert«, fuhr Mrs Riker fort. »Mir wäre es lieber gewesen, ihr hättet zuerst ungestört mit der Familie sprechen können. Oder wie auch immer ihr in so einem Fall vorgeht.«
»Das kommt ganz darauf an«, erklärte Bob. »Wir improvisieren jedes Mal und passen uns an die Situation an.«
Mrs Riker ging zur Tür. Zu viert fuhren sie mit Mrs Rikers Chipkarte in den 14. Stock. Noch im Aufzug gab Mrs Riker den Detektiven drei Karten, mit denen sie auch andere Etagen als ihre eigene anwählen und sich so freier im Hotel bewegen konnten. Das Treppenhaus war nämlich nur für den Notfall gedacht. Wer die Tür dorthin öffnete, löste einen schrillen Alarm aus. Auf jeder Etage machte ein Warnschild unmissverständlich darauf aufmerksam.
Am Ziel angekommen, klingelte ihre Auftraggeberin am Zim-

mer der bestohlenen Gäste, aber niemand reagierte. Offensichtlich war die Familie noch nicht zurückgekehrt und wartete unten in der Lobby auf das Eintreffen der Polizei.
Ehe sie etwas sagen konnten, kam ein Junge auf sie zu. Er hielt eine Türkarte in der Hand. Die drei ??? erkannten ihn sofort: Es war eins der Kinder, die beim Frühstück neben ihnen gesessen hatten. »Bei euch ist eingebrochen worden?«, fragte Justus.
»Hmm«, brummte der Junge.
»Du bist … Flo, richtig?«, meinte Bob.
»Woher weißt'n das?«
»Wir saßen beim Frühstück nebeneinander. Dein Vater hat einmal deinen Namen gerufen.«
»Stimmt. Und ja, bei uns ist eingebrochen worden. Voll die Frechheit.« Der Junge verschränkte die Arme vor der Brust und präsentierte mit einem breiten Grinsen seine Zahnlücke.
Peter ging vor Flo in die Hocke. »Was ist euch denn gestohlen worden? Und weißt du sonst noch irgendwas?«
»Wer seid ihr überhaupt?«, fragte der Junge misstrauisch.
»Wir sind Detektive.« Peter überreichte ihm eine Visitenkarte. »Aber das ist eigentlich streng geheim.«
Flo schaute darauf. »Die drei ???«, las er vor und deutete auf Mrs Riker. »Wenn ihr drei seid, wer ist dann die?«
»Sie gehört zum Hotel. Das geht in Ordnung.«
»Gut«, meinte Flo. »Unsere Kamera ist geklaut worden und der Geldbeutel von meinem Dad war leer geräumt. Der steckte in der Tasche seiner Jacke an der Garderobe. Da waren 200 Dollar drin. Ich hab das mit der Kamera gemerkt, als ich ins Zimmer zurück bin, um meinen MP3-Player zu holen. Da

hab ich mir gleich gedacht, dass was faul ist, und hab im Geldbeutel nachgeschaut.«

»Das war schlau«, lobte Peter. »Aber sonst weißt du nichts?«

»Nö.« Flo zuckte mit den Schultern. »Und jetzt muss ich pinkeln. Deshalb bin ich auch vor den anderen hoch.«

»Denk bitte gut nach«, bat Peter. »Hast du wirklich niemanden gesehen?«

»Hm, wenn du so fragst, doch. Auf dem Flur kam mir jemand entgegen. So 'n Angestellter hier vom Hotel, der morgens immer die Minibar einräumt. Der kam aus unserem Zimmer. Aber der darf da ja rein, deshalb habe ich nichts gesagt.«

Peter wechselte einen raschen Blick mit seinen Kollegen. Sie nickten ihm zu.

Im selben Moment wurden Schritte laut. Das mussten Flos Familie und die Polizei sein.

Geh zu Seite 70, wenn Peter den Polizisten von seiner Entdeckung berichten soll.

Wenn die drei ??? Flo zur Seite nehmen und auf eigene Faust weiterermitteln sollen, lies auf Seite 104 weiter.

Du bist von Seite 107 hierhergelangt.

Peter hob den Blumentopf und schleuderte ihn gegen die Scheibe. Doch diese zerbrach nicht. Stattdessen landete der Topf vor seinen Füßen und klirrte. Eine Menge Erde fiel heraus, ehe Peter ihn wieder aufhob. »Noch mal«, sagte er, trat einen Schritt zurück und warf mit aller Kraft.
Diesmal war der Erfolg im wahrsten Sinne des Wortes durchschlagend.
Die Scheibe zerbarst klirrend, der Topf landete auf dem Bett und verschmierte alles mit Erde. Dem Chaos in der Wohnung gönnten die drei ??? keinen Blick – sie würden Mr Jameson später alles erklären. Allerdings waren sie zuversichtlich, dass sowohl Jameson als auch die Hotelleitung Verständnis zeigen würden, wenn es ihnen gelang, Krolop zu stoppen und die 100 000 Dollar sicherzustellen.
Drinnen eilten sie über die Wendeltreppe nach unten, verließen die Wohnung und rannten zu den Aufzügen. Wieder fuhren sie nach oben. Über die Treppe ging es ins oberste Stockwerk und bald entdeckten sie die offen stehende Dachluke.
Eine schmale Leiter führte hinauf aufs Dach.

Fast geschafft! Auf zu Seite 140!

Die drei ??? fanden rasch den Weg zum Büro von Mrs Riker, ihrer geheimnisvollen Auftraggeberin. Bob klopfte und es dauerte keine zwei Sekunden, bis ein fröhliches und gut gelauntes »Herein!« ertönte.
Der dritte Detektiv öffnete und schaute als Erster in das lange, schmale Büro. Hinter einem Schreibtisch neben einem großen Fenster, durch das man auf den Los Angeles River schaute, saß eine Frau. Die Spitzen ihrer dunkelblonden Haare bogen sich über den Schultern nach außen. Sie trug eine elegante Bluse und ein Halstuch. Ihr Namensschild wies sie als die Gesuchte aus – Monica Riker. Das also war ihre Auftraggeberin.
Sie lächelte ihre Besucher an. Auf dem Schreibtisch stapelten sich zahllose Ausdrucke. Bislang hatte sie an einem Computer gearbeitet, nun stand sie auf und ging auf die drei ??? zu.
»Schön, dass ihr da seid!«, begrüßte sie ihre Besucher. »Habt ihr also den Weg zu mir gefunden. Wunderbar!« Sie sah sehr erleichtert aus und lachte lebenslustig. »Habe ich mich in euch also doch nicht getäuscht!«
»Selbstverständlich nicht«, sagte Justus gänzlich unbescheiden. »Die drei ??? stehen für gute Detektivarbeit!«
»Ihr löst also alle eure Fälle?«
»Nun, wir versuchen es zumindest«, erklärte Peter. »Und unsere Erfolgsquote ist hoch.«
»Das klingt gut. Da hat Barbara also nicht übertrieben, als sie euch in höchsten Tönen lobte.«
»Barbara?«, fragte Bob.
»Oh, ich glaube, ich muss der Reihe nach erzählen. Ihr habt eine Erklärung verdient. Ich habe leider nicht genug Stühle

Du bist von Seite 49 oder 91 hierhergelangt.

im Büro, um euch allen einen Sitzplatz anzubieten. Normalerweise habe ich selten Besuch hier, wisst ihr?«
»Wir stehen gern«, sagte Peter.
Sie nickte. »Wollt ihr etwas trinken?«
»Wir haben gut gefrühstückt«, erklärte der Erste Detektiv. »Uns dürstet eher nach Wissen und Erklärungen.«
Er sah, dass seine Kollegen wegen seiner Wortwahl mal wieder die Augen verdrehten und Mrs Riker kurz stutzte.
»Gut«, meinte sie dann. »Wie ihr schon wisst, gab es hier im Hotel einige Diebstähle. Ich habe meiner Nichte davon erzählt.«
»Der eben erwähnten Barbara«, vermutete Justus.
»Genau!«
»Aber wer …«
»Ihr erinnert euch bestimmt an sie. Wer sie einmal getroffen hat, vergisst sie nicht so leicht.«
»Dann kann es nur *eine* Barbara sein«, sagte der Erste Detektiv. »Barbara Mathewson aus Rocky Beach, unsere Auftraggeberin im Fall um das gestohlene Pergamentbuch und die geheimnisvollen Botschaften, die darin versteckt waren!«
Monica Riker lachte wieder. »Ganz genau. Und ich sehe, ihr habt Barbara auch nicht vergessen. Sie hat mir von euch erzählt und euch mit glühenden Worten empfohlen. ›Die besten Detektive der Welt‹ hat sie euch genannt. Ihr habt schwer Eindruck bei ihr hinterlassen.«
»Sie bei uns auch«, versicherte Peter.
»Deshalb bin ich auf euch gekommen. Also, passt auf. Es wurde vor allem in einige Büros eingebrochen, auch in meines. Hinter diesem Bild …«, sie deutete hinter sich, »… verbirgt

sich ein Safe. Der Dieb hat versucht, ihn aufzubrechen, was ihm nicht gelungen ist. So hat er nur die Portokasse mitgehen lassen. Dabei ist zwar kein großer Schaden entstanden, aber ich will trotzdem wissen, wer es war.«

»Und was er hier suchte«, ergänzte Justus.

Sie stimmte zu. »Zumal es ja nicht der erste Einbruch war. Es ist in insgesamt fünf Büros eingebrochen worden in der letzten Woche. Und gestern sind zum ersten Mal auch Gäste zu Schaden gekommen, als jemand Spinde im Wellness-Bereich geknackt hat.«

Justus musterte das Bild vor dem Safe. Es zeigte den beeindruckenden roten Turm des Hotels mit seinen goldenen Verzierungen und Zinnen in den obersten Stockwerken. Er sprach Mrs Riker auf die eigenartigen Zinnen an.

Sie lachte. »Reine Zierde – wenn es auch eine seltsame Legende gibt. Eine der Zinnen sei tatsächlich aus Gold, heißt es. Stimmt aber leider nicht. Das haben wir längst überprüft.«

In diesem Moment klingelte das Telefon. Monica Riker hob ab, nannte ihren Namen, sagte zweimal in kurzem Abstand »Ja« und legte wieder auf. »Entschuldigt bitte, ich muss etwas erledigen. Dauert höchstens zehn Minuten. Ich komme gleich zurück, ja? Wartet hier auf mich.« Sie verließ den Raum.

Sollen die drei ??? brav abwarten, bis Mrs Riker zurückkommt? Auf zu Seite 42!

Um die Gelegenheit zu nutzen, sich im Büro umzusehen und vielleicht herauszufinden, was der Dieb überhaupt suchte, auf zu Seite 54.

Du bist von Seite 9 hierhergelangt.

Ein Gong zeigte, dass der Aufzug gleich ankommen würde. Es gab insgesamt drei, die einander gegenüberlagen: zwei kleine und ein doppelt so großer. Die Tür des größeren Aufzugs glitt zur Seite. Die Kabine war auf einer Seite verspiegelt, das Glas blitzblank geputzt. Eine junge Frau kam heraus, mit auffällig weißblonden, schulterlangen Haaren und einer nicht minder schrillen grasgrünen Jacke. Sie murmelte »Jetzt geht schon beiseite«, als wäre überhaupt kein Platz, und dampfte davon.

Nun hatten die drei ??? die Kabine für sich. So konnten sie sich weiter unterhalten, ohne dass jemand etwas von ihren Überlegungen mitbekam. Schließlich wollten sie, genau wie bislang auch ihre Auftraggeberin, anonym bleiben – niemand sollte wissen, dass sie als Detektive ins Hotel gekommen waren. So würde sich auch der Dieb, falls er sich noch im Haus aufhielt, in Sicherheit wähnen.

Bob hielt seine Zimmerkarte vor den Sensor. Der Knopf für den vierten Stock begann zu blinken. Der dritte Detektiv drückte darauf, der Aufzug schloss sich und fuhr nach oben.

»Und was wollt ihr im Schwimmbad bitte schön finden?«, fragte er.

»Das werden wir sehen, wenn es so weit ist«, erwiderte Justus. »Lassen wir uns überraschen.«

»Wir suchen also nach etwas und wissen noch nicht einmal, was es überhaupt ist«, fasste Bob zusammen. »Da klingt mir ein Nickerchen doch nach der besseren Idee.«

Im vierten Stock staunten sie über ihre großen und sehr gemütlichen Zimmer.

»Wir sind zu dritt, da müssen sich zwei von uns wohl eins teilen.«

»Ihr beide«, entschied der Erste Detektiv.
»Ach ja?«, fragte Bob. »Und wieso sollst ausgerechnet du …«
»Weil ich in letzter Zeit furchtbar schnarche! Das will ich euch nicht antun.«
Peter seufzte. »Das ist ein Argument. Wir bleiben hier. Just, du nimmst das andere Zimmer.«
In beiden Räumen gab es eine kleine Küchenzeile und auf einem Tischchen im ersten Zimmer stand eine Schale mit Süßigkeiten. Daneben lag ein genauer Bauplan des Hotels, in der Schale steckte ein Zettel: »SCHÖN, DASS IHR DA SEID«, las Bob vor. »Ohne Absender. Unsere Auftraggeberin will sich offenbar immer noch nicht zu erkennen geben.«
»Seltsam«, kommentierte Peter. »Aber wir werden schon herausfinden, wer sie ist.«
»Bestimmt«, meinte Justus. »Später! Jetzt erst mal ab ins Schwimmbad.« Er nahm seine Badehose aus dem Koffer und wunderte sich, dass Peter und Bob zögerten. »Was ist los?«
»Die Süßigkeiten sehen köstlich aus … und schau dir nur den riesigen Fernseher an«, meinte Peter kleinlaut.
»Ich finde auch, ein bisschen Ruhe wäre nicht schlecht«, ergänzte Bob. »Außerdem könnte ich mir dann den Bauplan mal in Ruhe anschauen, den unsere Auftraggeberin uns hingelegt hat. Das wird sicher nützlich später und …«
Justus räusperte sich. »Wer war denn so wild drauf, sofort loszuermitteln? Jetzt lasst euch nicht so hängen!«

Willst du den drei ??? einen ruhigen Abend gönnen? Dann weiter zu Seite 38.
Oder endlich los? Auf zu Seite 116.

Du bist von Seite 125 hierhergelangt.

Es stimmte also. Ihr Gegner vermutete ebenfalls, dass die 100 000 Dollar in einer der goldenen Zinnen versteckt waren – wie auch immer er auf die Idee gekommen sein mochte. Doch ihnen blieb keine Zeit, darüber nachzudenken. Sie mussten Krolop aufhalten!
Ihr Gegner stürmte los. Er war im Vorteil, weil er sich im Unterschied zu seinen Verfolgern gut auskannte.
Doch davon ließen sich die drei ??? weder beirren noch aufhalten. Nun hieß es dranzubleiben. Er durfte ihnen nicht entwischen.
Krolop rannte zu einer Treppe, die nach oben führte – direkt unter das Dach, in eine Etage, die der Aufzug nicht mehr anfuhr. Sie hetzten ebenfalls die Stufen hoch.
Peter war schneller als seine Freunde. Oben sah er, wie eine Tür zurückschwang. Der Zweite Detektiv rannte weiter, kam zu einer seltsamen Maschinerie, wie er sie noch nie zuvor gesehen hatte: Aus dem Boden ragten drei metallene Räder, auf denen dicke Metallseile liefen. Eines davon drehte sich. Er begriff sofort, dass das die Technik und die Seile sein mussten, die die Aufzugskabinen bewegten. Krolop sprang über eines der Räder hinweg und rannte an einem kleinen, containerartigen Bau entlang. Er riss eine Tür auf, zog sie hinter sich zu. Peter war nur Sekunden später dort … und zögerte! Krolop kannte sich perfekt aus. Was, wenn er seine Verfolger in eine Falle locken wollte?

Soll Peter abwarten? Von hier kann Krolop eigentlich nicht entkommen … Auf zu Seite 84.
Oder soll er hinterher? Gehe zu Seite 130.

Keine Viertelstunde später saßen eine Menge Leute in einem Konferenzraum zusammen, in den sie Mrs Riker kurzerhand geführt hatte. Dank des unzweifelhaften Erfolgs der drei ??? hatte weder Inspektor Barrany noch sein Partner etwas dagegen, dass die Jungen an dieser Besprechung teilnahmen.

Stephen Carter saß wie ein Häufchen Elend auf einem Stuhl, rechts und links flankiert von den Polizisten. Justus lehnte sich zufrieden zurück. Ihm gegenüber saß Mrs Riker. Sie sah erleichtert und zugleich betroffen aus. »Wie konnten Sie nur, Mr Carter?«, fragte sie. »Ich kenne Sie, seit Sie hier im Hotel arbeiten! Wie lange ist das jetzt schon? Drei Jahre?«

»Vier«, presste der Verbrecher zwischen zusammengebissenen Zähnen heraus. »Ich … ich weiß nicht, wie ich mich entschuldigen soll.« Dass ein Dieb kurz nach seiner Überführung solche Reue an den Tag legte, kam nicht oft vor.

»Ihnen musste doch klar sein«, sagte Justus, »dass man Sie anhand Ihrer Generalkarte überführen konnte. Es lässt sich dank der Elektronik im Schloss immer nachvollziehen, mit welcher Karte die Tür geöffnet worden ist.«

»Ich hatte einen Plan«, erklärte Carter mit gesenktem Kopf. »Ihr seid mir nur zuvorgekommen. Natürlich habe ich damit gerechnet, dass ich befragt werde. Aber ich wollte vorher den Verlust meiner Karte selbst melden. Ich war direkt am Anfang meiner Pause in dem Zimmer – heimlich. Nach der Pause hätte ich dann den angeblichen Verlust meiner Karte bemerkt – und für die halbe Stunde, die meine Pause dauert, wäre jeder als Täter infrage gekommen, der meine Karte gefunden und benutzt hätte, versteht ihr?« Nun hob er den Blick. »Aber als du mich dann mit deinen Fragen und Be-

Du bist von Seite 53 oder 78 hierhergelangt.

hauptungen ausgetrickst hast, habe ich die Nerven verloren. Ich war wohl zu selbstsicher, weil die Einbrüche im Schwimmbadbereich so gut geklappt haben und mir keiner auf die Schliche gekommen ist.«

»Sie geben also die anderen Taten auch zu?«, fragte Bob.

»Na ja«, antwortete Carter ausweichend. »Was die Schwimmbadspinde angeht, schon. Aber mit den Einbrüchen in die Büros habe ich nichts zu tun.«

»Was?«, fragte Justus alarmiert. »Aber …«

»Still, Junge«, mischte sich Inspektor Barrany ein. Er fixierte Stephen Carter. »Sie streiten diese Vorwürfe also ab?«

Der Dieb nickte. »Dass in die Büros eingebrochen worden ist, hat mich erst auf die Idee gebracht, selbst etwas zu stehlen. Ich dachte, ich kann ein paarmal unentdeckt zuschlagen. Ich habe nur die Gelegenheit beim Schopf ergriffen.«

»Also ist das eigentliche Rätsel noch ungeklärt«, sagte Justus. Es klang zufrieden. Der Fall war nicht gelöst. Alles war wieder offen! Es blieb also spannend …

Barrany machte sich Notizen. »Ich bin geneigt, Ihnen zu glauben. Aber wir werden die Wahrheit ans Licht bringen.«

»Ganz bestimmt«, murmelte Bob. »So leicht geben sich die drei ??? nicht geschlagen.«

Der Inspektor zeigte zum ersten Mal, seit sie ihn getroffen hatten, ein feines Lächeln. »Das glaub ich dir aufs Wort, Junge. Aber jetzt ist unsere Arbeit fürs Erste getan«, stellte er fest. »Wir nehmen Ihren Kollegen mit, Mrs Riker. Sollte sich noch etwas ergeben, werde ich Sie informieren.«

Carter ließ sich mit hängenden Schultern abführen. Wahrscheinlich brach für ihn eine Welt zusammen. Er war eben

kein eiskalter Verbrecher, sondern hatte nur die Situation ausnutzen wollen.
Die drei ??? blieben mit Mrs Riker zurück.
Bob stand auf. »Fangen wir also wieder von vorne an. Wer könnte für die Einbrüche nachts verantwortlich sein? Die Liste der Hotelgäste hatten Sie uns ja schon gegeben, bevor wir vorhin unterbrochen wurden. Wissen Sie auch, wer von den Bediensteten in den letzten Nächten gearbeitet hat?«
»Klar«, erwiderte sie. »Ich bereite das für euch auf.«
»Wir brauchen auch die Namen der Bewohner der dauerhaft vermieteten Wohnungen«, sagte der dritte Detektiv.
»Sicher …« Sie sah nachdenklich aus. »Ich habe gar nicht daran gedacht, dass die auch infrage kommen.«
»Die Mieter sind natürlich auch nachts im Haus«, sagte Justus, »und sie würden auch spätabends niemandem an der Rezeption besonders auffallen.«
Zusammen mit den Gästen, die seit vier Tagen oder länger, also mindestens seit dem ersten Einbruch, schon im Hotel wohnten, gab das eine lange Liste von potenziellen Tätern.
Die drei ??? mussten eine Möglichkeit finden, diese Liste zu reduzieren. »Fangen wir mit den Dauermietern an«, schlug Justus vor. »Sie sind schon am längsten im Haus und kennen sich außer den Angestellten hier am besten aus. Stellen wir ihnen ein paar Fragen.«
»Das geht nicht so einfach, wie ihr euch das denkt«, sagte Mrs Riker. »Die Mieter einfach so zu befragen scheitert schon an einer ganz grundlegenden Sache.«

Weiter auf Seite 60.

Du bist von Seite 59 hierhergelangt.

Bob fiel auf Melissa und riss sie mit sich. Sie streckte noch die Arme aus und fing so ihren gemeinsamen Sturz ab. Bob landete mit vollem Gewicht auf ihr, sein Gesicht in ihren Haaren. Das durfte einfach nicht wahr sein!
Er murmelte irgendwelche Entschuldigungen und stemmte sich von ihr herunter. Melissa rollte sich zur Seite und starrte ihn fassungslos an. Einen Augenblick sah es aus, als würde sie schallend loslachen, doch dann wurde sie rot – vielleicht, weil sie sich schämte, vielleicht auch vor Zorn. »Lass mich bloß in Ruhe, du Spinner! Hau ab, hörst du? Hau ab!« Sie rutschte auf dem Boden rückwärts. Ihr Handtuch blieb dabei liegen. Sie stand auf und schüttelte die Haare aus.
Ein paar Wassertropfen klatschten dem dritten Detektiv ins Gesicht. »Ich wollte das nicht! Hör zu, es tut mir leid, ich …«
»Spar dir das!«, keifte Melissa ihn an, schlüpfte in eine Umkleidekabine und schmetterte die Tür zu.
Bob wäre am liebsten im Boden versunken, erst recht als sich ein breitschultriger Mann neben ihm aufbaute. Er trug einen schwarzen Anzug samt Krawatte. »Du belästigst das Mädchen?«
»Aber … ich …«
»Keine Sorge!«, rief der Mann in Richtung Umkleide. »Ich gehöre zum Hotel und bring ihn hier weg! Dir kann nichts mehr passieren!«
Bob verdrehte die Augen und ergab sich in sein Schicksal. Wehmütig dachte er daran, dass er jetzt oben in seinem luxuriösen Zimmer mit seinen Freunden Süßigkeiten essen könnte. Der Mann packte ihn am Arm. »Du kommst mit mir!«

Dumm gelaufen. Lies weiter auf Seite 18.

Peter entschied sich, aufs Ganze zu gehen. Er schlug hinter sich und erwischte seinen Gegner. Ein Tritt traf ihn schmerzhaft in der Seite, dann war er frei, rutschte auf Knien vorwärts aus dem Aufzug und versuchte erneut, sich den Sack vom Kopf zu zerren. Dabei rief er um Hilfe und er hörte Schritte. Endlich kam Hilfe! Oder … täuschte er sich? Der Sack rutschte von seinem Kopf – und im selben Moment traf ihn eine Ohrfeige, die seinen Kopf herumriss. »Dummer Kerl!«, hörte er. Die Aufzugstür begann sich zu schließen. Der Zweite Detektiv konnte nicht hineinsehen. Sein Gegner würde entwischen, ohne dass er ihn zu Gesicht bekam!
Er hörte eine Frau schreien und drehte sich unwillkürlich zu ihr. Sie trug auffällig weißblonde Haare und eine quietschgrüne Weste. Ein Mann kam auf ihn zu. »Was ist mit dir, Junge?« Peter achtete nicht darauf. Im letzten Moment griff er in die Aufzugstür, damit sie sich wieder öffnete. Der verhinderte Entführer packte von innen seine Hand und verdrehte sie. Peter schrie auf, sprang zurück, stolperte und fiel hin, während sich die Aufzugstür endgültig schloss. Das bekam Peter kaum noch mit. Sein Arm tat furchtbar weh; er hatte ihn sich beim Sturz gebrochen. Ihm wurde schwarz vor Augen.

Eine halbe Stunde später fuhr Peter mit dem Krankenwagen ins nächstgelegene Hospital und dort tauchte sein Vater auf, der ihm unmissverständlich klarmachte, dass für diesmal das »Detektivspielen«, wie er es nannte, vorbei war. Was wirklich im Derlin-Hotel geschehen war, erfuhren die drei ??? nie.

Du bist von Seite 102 hierhergelangt.

Du bist von Seite 31 hierhergelangt.

Den Rest des Freitagabends verbrachten die drei ??? vor dem Fernseher und aßen die Süßigkeiten auf, die ihre unbekannte Auftraggeberin ihnen ins Zimmer hatte stellen lassen. Gemeinsam zappten sie durch das auf sämtlichen Kanälen völlig belanglose Fernsehprogramm. »Entspannung«, meinte Justus altklug, »tut auch mal not. Morgen früh können wir uns dann mit neuem Elan dem Fall der Derlin-Diebstähle widmen. Müde, wie wir sind, würden uns heute wohl sowieso nur Fehler unterlaufen.«

»Und das können wir uns nicht leisten«, stimmte Peter zu. Er saß in einem Sessel, beide Beine auf dem Tischchen abgelegt. »Wir haben schließlich einen Ruf zu verlieren.«

Bob machte es sich auf der breiten Fensterbank bequem und genoss die Aussicht auf den Los Angeles River. Am gegenüberliegenden Ufer wurde ein Hochhaus gebaut. Riesige Kräne standen neben dem Rohbau und auf dem obersten Stockwerk. »Ein irrer Blick«, meinte er. »So lass ich mir's gefallen!«

Wenig später fielen sie todmüde ins Bett und wachten am nächsten Tag erfrischt auf.

Die drei ??? fuhren mit dem Aufzug nach unten und gingen in den Frühstücksraum. Der Anblick der vielen Köstlichkeiten ließ ihnen das Wasser im Mund zusammenlaufen. Justus schaufelte sich den Teller voll. Auch seine Kollegen langten ordentlich zu. In einer offenen Showküche hantierte der Frühstückskoch mit etlichen Pfannen, in denen Eier brutzelten. Es roch köstlich nach gebratenem Speck.

Bob nippte vorsichtig an seinem Tee. »Heiß!«, zischte er.

»Wir haben aber nicht die leiseste Ahnung, wer unser ominöser Auftraggeber sein könnte«, meinte Peter.

»Da irrst du dich«, erwiderte Justus. »Jeder Zweite fällt weg. Wir wissen doch, dass es sich um eine Frau handelt.«
»Gut«, musste Bob zugeben. »Bleiben immer noch viel zu viele übrig. Was ist über die Diebstähle bekannt?«
Justus schob sich mit der Gabel Rührei auf sein halbes Käsebrötchen. »Dass überwiegend Angestellte bestohlen worden sind. Nur im Schwimmbadbereich sind auch Gäste zu Schaden gekommen.«
»Dort sollten wir uns erst später umsehen«, schlug Peter vor. »Zuerst müssen wir über unsere Auftraggeberin nachdenken. Das ist wichtiger. Warum tut sie so geheimnisvoll?«
»Sie will uns testen«, vermutete der Erste Detektiv. »Herausfinden, ob wir die Richtigen für diesen Fall sind.«
Bob biss in einen Muffin. »Hast du etwa Zweifel daran?«
»Ich?«, tat Justus entrüstet. »Natürlich nicht!«
Zwei etwa achtjährige Kinder stürmten in den Raum und gossen sich Gläser mit Orangensaft voll, ehe sie zu einem Tisch ganz in der Nähe rannten. Ein Wunder, dass sie dabei nichts verschütteten. Das Mädchen hatte wilde rote Locken, der Junge zeigte eine breite Zahnlücke, als er Justus breit angrinste. Der grinste zurück und widmete sich dann wieder wichtigeren Dingen: der Besprechung mit seinen Kollegen – und dem Frühstück.
»Dann müssen wir also unsere Auftraggeberin überzeugen«, sagte Peter. »Also los … enttarnen wir sie! Ich weiß auch schon, wie!«

Lies weiter auf Seite 76.

Du bist von Seite 15 hierhergelangt.

»Sollen wir Mr Krolop direkt beschuldigen?«, fragte Peter.
»Ich bin dagegen«, meinte Bob. »Besser, wir observieren ihn heimlich. Er rechnet nicht damit, weil er denkt, dass wir noch im Kühlraum eingeschlossen sind. Also, zumindest ist das so, wenn er tatsächlich der Schurke ist!«
»Woran ich nicht zweifle«, betonte der Erste Detektiv. »Aber es fehlt tatsächlich ein echter Beweis, das kann ich nicht leugnen.«
Die drei ??? beschlossen, in guter detektivischer Tradition ihren Hauptverdächtigen unbemerkt zu beobachten.
Auf Justus' Vorschlag hin rief ihre Auftraggeberin bei Krolop auf dem Handy an und brachte die Ausrede vor, dass sie später im Büro seine Hilfe benötigte, weil dort eine Steckdose nicht richtig funktionierte. So fand sie heraus, wo er sich gerade aufhielt – in einem Zimmer im zwölften Stock, um dort einen Schaden an der Klimaanlage zu beheben. Die Reparatur war offensichtlich nicht ganz einfach; er würde noch eine ganze Zeit damit beschäftigt sein.
»Ist eines der Zimmer in der Nähe frei?«, fragte Justus. »Dann könnten wir dort Stellung beziehen, ohne dass er uns gleich sieht, wenn er den Raum verlässt.«
»Das kann ich nachsehen.« Es dauerte nur wenige Sekunden. »Mr Krolop arbeitet in 1205. 1202 ist zurzeit unbewohnt. Es liegt zwischen 1205 und dem Aufzug. Wartet hier – ich bin in fünf Minuten zurück. Ich hole euch an der Rezeption eine Schlüsselkarte für das Zimmer.«
Kurz darauf machten sich die drei ??? auf den Weg. Wichtig war vor allem, dass Krolop sie nicht entdeckte.
Im Aufzug fuhren sie allein nach oben. »Kollegen«, meinte

Peter, »das wird ihm gar nicht gefallen, jetzt etwas reparieren zu müssen. Die Zeit drängt ihn, er will endlich das zu Ende bringen, was … na ja, das, was er eben schon seit vier Tagen versucht. Was immer das ist.«

»Er sucht etwas«, gab sich Justus wieder überzeugt. »Und das wird er jetzt mit Hochdruck tun, weil er weiß, dass ihm nicht mehr viel Zeit bleibt. Er kann uns ja nicht ewig dort unten gefangen halten wollen – zumal ihm klar sein muss, dass wir uns nicht tagelang ruhig verhalten. Er spielt ein riskantes Spiel, das höchstens ein paar Stunden lang gut gehen kann, und das weiß er.«

Die drei ??? stiegen aus. Als Erstes lauschten sie in den Korridor, der sich wie überall zu beiden Seiten halbkreisförmig bog. Es blieb still – gut so. Nicht dass Krolop ihnen ausgerechnet in diesem Augenblick entgegenkäme! Sie öffneten mit Mrs Rikers Karte die Tür zu Zimmer 1202. Peter und Justus blieben dort, während sich Bob in Richtung Zimmer 1205 schlich.

Weiter auf Seite 92.

Du bist von Seite 29 hierhergelangt.

Die drei ??? warteten. Es klopfte, dann öffnete sich die Tür und ein schwarzhaariger Mann, den sie bislang noch nicht gesehen hatten, brachte drei Stapelstühle und stellte sie vor dem Schreibtisch auf. »Setzt euch«, sagte er. »Mrs Riker kommt gleich zurück.«

Tatsächlich dauerte es weniger als fünf Minuten, bis Monica Riker zurückkehrte. »Entschuldigt bitte«, meinte sie. »Ich musste eine spezielle Buchung mit einem Gast direkt klären. Das hatte nichts mit den Einbrüchen zu tun.«

»Kein Problem«, versicherte Justus.

Auch ihre Auftraggeberin nahm nun Platz. »Wo waren wir? Ah ja, ich wollte euch gerade alles über die Einbrüche erzählen.«

Peter stellte einige Fragen. »Wie wurde denn eingebrochen? Sind Türen beschädigt worden? Hat die Polizei schon Spuren aufgenommen?«

»Die Polizei war vor Ort«, sagte sie, »hat aber keine Spuren gefunden. Offenbar war der Einbrecher immer sehr geschickt und hat keine Fingerabdrücke oder so etwas hinterlassen.«

»Sicher hat er Handschuhe getragen«, kommentierte der Erste Detektiv. »Wie kam er in die Büros?«

»Die Polizisten meinten, er müsse mit Dietrichen oder echten Nachschlüsseln die Schlösser geöffnet haben. In den Büros gibt es normale Schlösser, anders als in den Gästezimmern, wo man ja die Chipkarten benötigt. Es gibt keine offensichtlichen Einbruchsspuren.« Sie deutete hinter sich. »An meinem Safe ist er allerdings gescheitert.«

»Sie sagen immer *er*«, stellte Bob fest. »Wissen Sie denn sicher, dass es sich um einen Mann handelt?«

»Äh … also, nein. Davon bin ich einfach ausgegangen.«
Justus räusperte sich lautstark. »Wir dürfen keine Möglichkeit von vornherein ausschließen.«
Ihre Auftraggeberin nickte. »Sicher. Dafür seid ihr ja auch die Detektive.«
»Ist immer nachts eingebrochen worden?«, fragte Peter.
Sie nickte. »Wenn die Büros nicht besetzt waren.«
Justus dachte laut nach: »Wie kann jemand unbemerkt bis zu den Büroräumen vordringen? Ganz klar: Die liegen so weit von der Rezeption weg, die ja auch nachts besetzt ist, dass das jedem möglich wäre, der bereits im Haus ist. Wer von draußen hereinkommt, müsste aber am Empfang vorbeigehen. Ich schätze, dort ist niemandem etwas aufgefallen?«
»Völlig richtig«, bestätigte Mrs Riker.
»Also ist der Einbrecher wohl jemand aus dem Hotel. Ein Angestellter oder ein Gast. Wann war der erste Einbruch?«
»So weit habe ich auch schon gedacht. Das war vor vier Tagen.« Mrs Riker hob einen Computerausdruck hoch. »Eine Menge Gäste wohnen schon so lange hier. Genauer gesagt: 23.«
Der Erste Detektiv grinste. »Viele Verdächtige und keine Spuren … das klingt nach einem interessanten Fall!«
Wieder klingelte das Telefon. Mrs Riker hörte kurz zu, wurde blass und meinte dann: »Wir treffen uns in zehn Minuten dort.« Sie legte auf und sagte zu den drei ???: »Eine schreckliche Nachricht!«

Weiter auf Seite 22.

Du bist von Seite 99 hierhergelangt.

Die drei ??? besprachen ihr weiteres Vorgehen. Schließlich entschlossen sie sich, nicht mit erheblichem Aufwand das teure Schloss aufbrechen und damit zerstören zu lassen, sondern bis Montag zu warten. Dann würden sie mit dem Schlüssel des Hoteldirektors die Dachluke öffnen und sämtliche vergoldeten Zinnen untersuchen können. Schließlich suchte Krolop schon monatelang nach dem Geld, da würden zwei weitere Tage kaum etwas ändern.
Der einzige Wermutstropfen dabei war, dass die drei ??? nicht selbst auf das Dach steigen konnten, weil sie am Montag zur Schule mussten. Diese Aufgabe übernahm deshalb Inspektor Barrany, der den Verdacht der drei Jungen zwar hanebüchen fand, ihm aber trotzdem nachging.
Er entdeckte etwas Erstaunliches: Jemand war vor ihm auf dem Dach gewesen. Und dieser Jemand hatte sich an einer der vergoldeten Verkleidungen der Dachzinnen zu schaffen gemacht. Da von diesem Moment an Mr Krolop auf Nimmerwiedersehen verschwand, konnte es keinen Zweifel geben, wer dieser Jemand gewesen war.

Die drei ??? zerbrachen sich den Kopf darüber, wieso es Krolop ausgerechnet an diesem Wochenende gelungen war, das Versteck des Geldes ausfindig zu machen, nach dem er so lange gesucht hatte. Diese Frage löste sich wenige Tage später, als die drei ??? eine Postkarte von Krolop bekamen: »Ich habe gesehen, wie Bob durchs Haus schlich. Da bin ich ihm unauffällig nach und habe an der Tür gelauscht, als er in Kollegin Rikers Büro verschwand. Also, Jungs: Danke!«

»Können wir noch einmal mit Mr Krolop sprechen?«, fragte Bob. »Er kennt sich doch sehr gut hier im Haus aus. Vielleicht hat er ja eine Idee, wo jemand Peter versteckt halten könnte.«
Noch ehe Mrs Riker etwas sagen konnte, meinte Justus: »Willst du ihn wirklich einweihen?«
»Er kann uns helfen! Diese Chance sollten wir nicht unnötig vergeben. An irgendjemanden müssen wir uns wenden.«
»Ihm könnt ihr vertrauen«, sagte ihre Auftraggeberin. »Ich kenne ihn immerhin schon fast ein Jahr. Seit er hier im Hotel arbeitet.«
Justus grinste. »Ich will ihm ja gerne vertrauen. Aber denken Sie daran, dass Sie Mr Carter auch kannten. Man sieht es einem Verbrecher oft nicht an, wer er ist.«
Mrs Riker lächelte gequält. »Da hast du wohl leider recht. Soll ich Mr Krolop trotzdem anrufen?«
Die beiden ?? nickten. Ihre Auftraggeberin telefonierte kurz, dann sagte sie zufrieden: »Er wird gleich hier sein.«
»Wir kennen gar nicht seinen vollständigen Namen«, stellte Bob fest. »Auf seinem Namensschild fehlt der volle Vorname. Dort steht nur ein F.«
Mrs Riker lachte glockenhell. »Du beobachtest wirklich gut.«
»Ich bin zuständig für Recherchen und Archiv«, erklärte Bob. »Das verpflichtet.«
»Er benutzt ihn nicht gerne, ich weiß auch nicht warum. Franciszek heißt er, das ist ein …«
»Ein polnischer Name, ich weiß«, unterbrach Justus. »Man hört ihn nicht so oft.«
Ihre Auftraggeberin nickte. »Jeder im Hotel nennt ihn eigentlich nur Mr Krolop oder meistens ›Technikmeister‹.«

Du bist von Seite 137 hierhergelangt.

»Aha«, murmelte Justus.
Mr Krolop klopfte und trat ein. Die beiden Jungen erklärten ihm die Situation. »Da ist euch ein elementarer Denkfehler unterlaufen«, erklärte ihr Besucher. »Es gibt sehr wohl noch einen Weg nach draußen – und genau den würde ich wählen, wenn ich jemanden unauffällig rausschaffen wollte.«
»Nun spannen Sie uns nicht auf die Folter«, bat der dritte Detektiv.
»Die Tiefgarage«, erklärte der Technikmeister. »Dort könnte der Entführer euren Freund in ein Auto gepackt haben, vielleicht in den Kofferraum, und dann mit ihm in aller Ruhe nach draußen fahren.«
»Natürlich!« Justus ärgerte sich über sich selbst. »Wie haben wir das nur übersehen können!« Noch während er das sagte, hetzte er bereits zur Tür. Sie hatten schon viel zu viel Zeit verloren! Hoffentlich fanden sie dort unten noch Peter – wenn es nicht schon längst zu spät war. Womöglich wurde er gerade aus dem Hotel geschafft. Aber vielleicht entdeckten sie wenigstens noch irgendwelche Spuren, die sie zu ihrem Freund führen konnten.
Sie ließen Mr Krolop stehen, eilten zum Aufzug, fuhren ganz nach unten und konnten kaum erwarten, endlich unterirdisch Richtung Tiefgarage zu kommen.
Ob Peter tatsächlich auch hier gewesen war? Sie blickten sich im Raum vor dem Aufzug und im Korridor genau um, entdeckten aber keine Spuren. Sie folgten der Beschilderung, kamen zu einer Tür, die sich durch Knopfdruck öffnen ließ. Auch in der Tiefgarage selbst schauten sie sich um. Niemand hielt sich dort auf, es herrschte völlige Stille. Keiner der Wa-

gen bewegte sich. An der Betondecke hingen Lampen, die alles erhellten. Von draußen hörte man das Hupen eines Autos. Die beiden ?? gingen weiter, an den geparkten Wagen entlang, und achteten dabei genau auf ihre Umgebung.
Justus' Handy klingelte.
Der Erste Detektiv zog es aus der Tasche und schaute aufs Display. »Das ist Peter«, sagte er erleichtert. Sollten ihre ganzen Befürchtungen also umsonst gewesen sein? Er nahm das Gespräch an.
»Ich habe euren Freund«, sagte eine dumpfe Stimme. Justus schaltete rasch auf Lautsprecher, damit Bob mithören konnte. »Und ihr werdet jetzt aus dem Hotel verschwinden und mich in Ruhe meine Arbeit machen lassen, klar? Dann geschieht eurem Peter nichts!«
»Was wollen Sie?«, fragte Justus.
»Hört auf, mich zu suchen. Sonst passiert was! Ich habe euch genau im Auge!« Der andere legte auf.
Der Erste Detektiv hielt das Handy in der Hand. Ein Gedanke ging ihm nicht aus dem Kopf. »Ich habe euch genau im Auge!«, hatte der andere gesagt.
Ob er das wörtlich meinte? War er tatsächlich so nah, dass er Justus und Bob *sehen* konnte? Der Erste Detektiv schaute auf das Handy …
… und auf die Kurzwahltaste, die Peters Handy klingeln lassen würde!

Soll Justus trotz der Drohung ihres unbekannten Gegners das Risiko eingehen? Wenn ja, lies weiter auf Seite 108.
Oder lieber nicht? Dann geh zu Seite 132.

Du bist von Seite 77 hierhergelangt.

Die drei ??? diskutierten noch eine Weile, während sie zu Ende frühstückten. Am Ende entschieden sie sich, den einfacheren Weg zu wählen und direkt zur Rezeption zu gehen.
Den Übernachtungsgutschein hatte Justus vorsorglich schon oben im Zimmer eingesteckt und legte ihn kurz darauf dem Hotelbediensteten am Empfang vor.
Es war Mr Allamore, den sie am Abend zuvor schon kennengelernt hatten. Er sah müde aus; kein Wunder, wenn er an einem Tag Spätschicht und am nächsten Frühschicht arbeitete. »Na, Jungs, gut geschlafen?«, erkundigte er sich freundlich. »Was kann ich für euch tun?«
»Wir sind doch auf eine Einladung hier, Sie erinnern sich bestimmt.« Justus schob den Gutschein auf dem Tresen noch ein Stück weiter. »Es ist uns ein bisschen peinlich, aber wir haben den Namen der Frau vergessen, die uns den Gutschein geschenkt hat.« Er räusperte sich. »Dabei wollten wir uns doch bei ihr bedanken.«
»So? Ihr habt also vergessen, wer euch ein Wochenende im besten Hotel der Stadt geschenkt hat? Ts, ts.« Mr Allamore hob die Augenbrauen. Offensichtlich nahm er ihnen ihre Geschichte nicht ab. Justus kam sich vor, als werde er geradezu mit Blicken seziert.
Der Rezeptionist griff nach dem Gutschein. »Na, dann zeig mal her.« Er schaute auf die Nummer, die auf der Rückseite des Gutscheins aufgedruckt war. »Ich kann das nachsehen. Jeder Geschenkcode ist im System vermerkt. Es ist auf jeden Fall ein interner Gutschein. Das heißt, er kommt von einem Kollegen oder einer Kollegin hier aus dem Hotel.«
Genau wie es sich die drei ??? gedacht hatten. »Einer Kollegin

von Ihnen, genau«, beeilte sich der Erste Detektiv zu sagen. »Das wussten wir noch, klar.«
»Macht euch nichts draus«, sagte Mr Allamore beschwichtigend. »Jeder vergisst mal etwas.« Der Rezeptionist hatte bemerkt, wie unangenehm Justus die Situation war. »Wartet, gleich habe ich den Namen!«
Bob grinste erleichtert. Sein Plan hatte zum Erfolg geführt – zumindest zum ersten Schritt auf dem Weg zum Erfolg, denn über die Diebstähle wussten sie nach wie vor nichts, geschweige denn über den Täter. Aber immerhin würden sie in wenigen Sekunden erfahren, wer sie hierher ins Hotel eingeladen hatte.
Mr Allamore nickte. »Das war Monica Riker – das hätte mir auch gleich auffallen können.«
»Wieso?«, fragte Justus. Der Name sagte ihm nichts; woher auch? Aber nun würde es sicher nicht mehr lange dauern, bis sie diese ominöse Mrs Riker kennenlernten.
»Weil nur sie diese Art von Gutscheinen benutzt«, erklärte der Rezeptionist. »Sie ist die Chefin unserer Buchhaltungsabteilung, wisst ihr, und was ihr bekommen habt, ist sozusagen ein … hm, ein Rundum-sorglos-Freiticket.«
Die Leiterin der Buchhaltung im Derlin-Hotel also. Das war interessant. »Und wo finden wir Mrs Riker?«, fragte der Zweite Detektiv.
Allamore wies zu einem Treppenaufgang, der neben der Rezeption begann. »Da hoch geht's am schnellsten. Ich erkläre euch den Weg zu ihrem Büro …«

Was die drei ??? dort wohl erwartet? Lies weiter auf Seite 27.

Du bist von Seite 75 hierhergelangt.

»Ich muss weiter, Kleine«, sagte Justus hastig. »Peter hier hilft dir!« Er zeigte auf den Zweiten Detektiv, der völlig durchnässt am Boden lag. Das Kind heulte, aber der Erste Detektiv riss sich frei und rannte los. Krolop zu fangen war jetzt wichtiger! Weitere Türen wurden aufgerissen, während hinter ihm immer mehr Wasser auf den Boden klatschte. Gerade öffnete sich die Aufzugstür und Krolop huschte in die Kabine.

»Halten Sie diesen Mann auf!«, brüllte Justus gegen das Heulen der Feuersirene an. »Es brennt nicht! Es gibt keine Gefahr, aber stoppen Sie diesen Mann!«

Krolop drückte wieder und wieder auf die Aufzugknöpfe, als könne er dadurch das Schließen der Tür beschleunigen. Dabei blickte er sich hektisch um.

Eine Frau in Jeanshosen und einem zitronengelben Top handelte schneller als alle anderen. Gerade als sich die Aufzugstüren schließen wollten, stellte sie sich davor. Sie glitten wieder auf. Krolop packte die beherzte Frau und stieß sie nach draußen. Da war Justus schon heran und mit ihm zwei weitere Männer. Auch Bob rannte völlig durchnässt näher.

»Sie können nicht mehr entkommen!«, sagte der Erste Detektiv triumphierend. »Trotz des Chaos, das Sie angerichtet haben, um zu fliehen! Sehr raffiniert, das muss ich zugeben, und sehr geistesgegenwärtig.«

Mr Krolop sackte in sich zusammen. »Ihr habt gewonnen«, sagte er. »Die Feuerwehr wird gleich hier sein und das Löschwasser abstellen.« Offenbar steckte seine Arbeit so tief in ihm, dass er sich sogar jetzt noch um die Abläufe im Hotel sorgte.

»Sie haben sich einiger Verbrechen schuldig gemacht«, sagte Bob. »Darum wird sich Inspektor Barrany kümmern.«

»Aber sagen Sie mir eins«, ergänzte Justus. »Was wollten Sie in den Büros? Nur Geld? Das glaube ich nicht!«
Krolop blickte ihn zornig an. In einem Comic hätten seine Augen gefunkelt oder Blitze verschossen. »Nenn mir einen Grund, warum ich ausgerechnet dir das erklären sollte!«
»Kooperation wird bei der Polizei gut ankommen.«
»Ha!« Krolop lachte gehässig. »Das ist mir völlig egal!«
Und dabei blieb er, sosehr Justus auch nachbohrte. So hatten die drei ??? zwar den Dieb überführt, aber ein schaler Beigeschmack blieb dennoch zurück.
Inspektor Barrany und Officer Clanton nahmen Mr Krolop fest; Justus, Peter und Bob beobachteten die anrückenden Feuerwehrleute dabei, wie sie im riesigen unterirdischen Löschwassertank den Zulauf abklemmten, sodass endlich kein Wasser mehr ausströmte. Der Flur war rundum von der rostroten ekligen Brühe, die jahrelang in den Leitungen bis zu den Sprinklerampullen gestanden hatte, völlig ruiniert. So wurde Mr Krolop auch der schweren Sachbeschädigung angeklagt, aber das stellte vor allem Justus' Neugierde nicht zufrieden.

Den Rest ihres Aufenthalts im Luxushotel Derlin konnten die drei ??? nicht richtig genießen – es war kein gutes Gefühl, den Dieb zwar gefangen, das entscheidende Rätsel aber nicht gelöst zu haben.

Du bist von Seite 123 hierhergelangt.

Die drei ??? entschieden sich abzuwarten. Mrs Riker würde Stephen Carter sicher rasch finden. Die Hauptarbeit bestand wohl darin, den mürrischen Inspektor Barrany davon zu überzeugen, die drei Detektive am Gespräch teilnehmen zu lassen.

Momentan unterhielten sich die Polizisten mit der bestohlenen Familie noch im Zimmer. Vielleicht war das gut so – wenn Mrs Riker den Verdächtigen Mr Carter bald herbrachte, konnten die drei ??? ungestört mit ihm sprechen.

Tatsächlich mussten sie nicht lange warten. Monica Riker kam zurück. Neben ihr ging der untersetzte Hotelangestellte mit dem Schnurrbart. Er sah nervös aus, was ihn jedoch nicht verdächtig machte – wahrscheinlich wäre jeder etwas unruhig, wenn er wüsste, dass er als Verdächtiger mit der Polizei sprechen musste.

»Guten Tag, Sir«, sagte Justus höflich.

Mr Carter ignorierte ihn. »Wer sind die Burschen?«, fragte er stattdessen Mrs Riker. »Ich dachte, ich soll mit zwei Polizisten sprechen.«

»Das stimmt auch«, sagte die Auftraggeberin der drei ???. »Allerdings wäre es nett, wenn Sie vorher mit den Jungen sprechen würden. Sie kennen sich mit den Diebstählen …«

»Denen sag ich gar nichts«, unterbrach Carter barsch. Seine Reaktion war kein Beweis, doch Justus, Peter und Bob hatten kein gutes Gefühl dabei und auf ihr Gefühl konnten sie sich fast immer verlassen.

»Das verstehe ich, Sir«, sagte Justus deshalb ungerührt. »Aber als Sie heute in diesem Zimmer Ihre Arbeit verrichtet haben, ist Ihnen da etwas aufgefallen?«

»Was soll mir aufgefallen sein?«

»Na, dass der Sohn der Familie, der darin wohnt, sich währenddessen im Badezimmer aufhielt«, log Justus dreist. »Und dass er Sie beim Diebstahl beobachtet hat!«

Stephen Carter wurde blass. »Aber … was soll … das ist doch Unsinn! Ich …«

Justus wusste, dass der andere längst wie ein Fisch an seiner Leine zappelte. Bob schlug in dieselbe Kerbe, indem er die Klingel drückte. »Die Polizei wartet schon im Zimmer und bei ihr ist der kleine Flo, um Sie zu identifizieren. Das Spiel ist aus!«

Carters Kopf ruckte hin und her. »Das ist doch … ihr – ihr verdammten Stinker!« Er packte Mrs Riker am Arm und stieß sie auf Bob und Peter zu. Sie schrie auf, als sie gegen die Jungen prallte. Carter wirbelte herum und rannte los.

Justus wollte hinterher, doch im selben Moment riss Inspektor Barrany die Tür auf. »Was soll das Geklingele? Ihr seid …« Er brach mitten im Satz ab, erfasste mit einem Blick die Situation. »Polizei!«, schrie er Carter an und zog seine Waffe. »Bleiben Sie stehen!«

Der Mann versteinerte geradezu und schloss die Augen. »Nicht schießen«, sagte er matt.

Weiter auf Seite 33.

Du bist von Seite 29 hierhergelangt.

Justus knetete seine Unterlippe. »Nutzen wir die Gelegenheit und schauen uns um! Was hat der Einbrecher hier gesucht?«
»Na, was wohl?«, meinte Peter. »Bares natürlich.«
»Das glaube ich eigentlich nicht. Das könnte er viel einfacher haben, wenn er in Gästezimmer eindringt. In so einem Büroraum ist doch kaum viel Geld zu finden.«
Bob meldete Zweifel an. »Aber er hat hier die Portokasse mitgehen lassen, hat Mrs Riker gesagt.«
»Ein Zufallsfund, den der Verbrecher nebenbei eingesteckt hat.« Der Anführer der drei ??? ging zu dem Bild, hinter dem der Safe verborgen lag. Es zeigte den roten Hotelturm von außen. Die goldenen Verzierungen an den oberen Stockwerken glänzten in der Sonne, ebenso die Zinnen auf dem Dach. Der Bau verjüngte sich nach oben hin und zum ersten Mal fiel Justus eine Art Dachterrasse rund um eines der oberen Stockwerke auf.
»Willst du etwa den Safe aufbrechen?«, fragte Peter.
»Sehr lustig, Kollege. Vielleicht hat der Einbrecher ja doch irgendwelche Spuren hinterlassen.« Der Erste Detektiv hängte das Bild vorsichtig ab. »Schaut ihr euch auch um. Vielleicht findet ihr etwas. Beim Schreibtisch oder sonst wo.«
Seine Kollegen gingen an die Arbeit. Bob öffnete eine Schublade. Neben ordentlich sortierten Briefumschlägen stapelten sich kleine Blöcke mit Klebezetteln. Da klackte es und die Tür öffnete sich.

Lies weiter auf Seite 118.

Peter wusste, dass ihm nicht mehr viel Zeit blieb.
Er wartete ab, bis das Rolltor fast geschlossen war und ihr Gegner ihn deshalb nicht mehr sehen würde. Dann bückte er sich rasch, mit der Taschenlampe in der Hand – und legte sie im letzten Moment längs unter das Tor. Es knackte, aber die Lampe zerbrach nicht. Ein kleiner Schlitz blieb zwischen Tor und Boden.
Natürlich hatte der Zweite Detektiv die Taschenlampe ausgeschaltet, damit kein verräterisches Licht nach draußen fiel. Dadurch wurde es in ihrer improvisierten Gefängniszelle fast völlig dunkel.
Nur durch den kleinen Spalt, den die Taschenlampe schuf, weil das Rolltor in diesem Bereich nicht völlig auf dem Boden aufsetzen konnte, fiel ein wenig Licht aus der Tiefgarage.
Peter musste seinen Kollegen kein Zeichen geben; allen war klar, dass sie zunächst still abwarten mussten, bis ihr Gegner sich auf jeden Fall weit genug entfernt hatte.
Die Augen gewöhnten sich an die Dunkelheit und so sah der Zweite Detektiv, wie Justus ihm den hochgestreckten Daumen entgegenhielt. Die drei ??? stellten sich dicht nebeneinander, sodass sie flüstern konnten.
»Wir werden ausbrechen«, sagte Peter kurz entschlossen. »Alles muss schnell gehen. Dann können wir Mrs Riker warnen oder sie sogar als Lockvogel benutzen und versteckt beobachten, ob sich der Schurke bei ihr blicken lässt!«
Bob verzog das Gesicht. »Ich weiß nicht, wie du das Tor nun öffnen willst. Okay, da unten ist ein winziger Spalt – und weiter?«
»Das Tor ist nicht eingerastet und damit nicht verschlossen«,

Du bist von Seite 122 hierhergelangt.

stellte Peter klar. »Wir können es nach oben schieben wie einen Rollladen.« Er zögerte kurz. »Vielleicht. Ganz so sicher bin ich mir nicht«, musste er zugeben. »Es wird vor allem nicht einfach.«

Aber zunächst tauschten sie sich kurz aus und berichteten sich gegenseitig, was sie in der Zwischenzeit erlebt hatten. Peter war von dem Unbekannten beim Aufzug überwältigt worden – Justus und Bob in der Tiefgarage, während sie auf der Suche nach ihrem Freund waren. »Er hat uns alle übertölpelt, als wären wir blutige Anfänger«, fasste der Erste Detektiv zerknirscht zusammen. »Aber jetzt schlagen wir zurück. Zuerst müssen wir herausfinden, wer der Kerl ist. Es gibt verschiedene Hinweise, aber … ach verflixt, ich kann nicht nachdenken! Warum ist es hier so kalt?«

»Särge, Just«, erklärte Peter mit Grabesstimme.

»Särge?«, wiederholte Bob fragend.

»Das ist der Kühlraum für die Särge – Mr Krolop hat uns davon erzählt. Der große Aufzug, ihr erinnert euch. Unser Entführer hat die Belüftung des Raumes für uns angeschaltet und damit auch die Kühlung. Ganz schön ungemütlich hier, das kann ich euch sagen. Ich sitze ja schon länger hier drin.« Er winkte ab. »Egal. Was meint ihr? Sollen wir endlich versuchen, hier rauszukommen?«

»Warum noch länger warten?«, fragte Justus. »Unser Gegner wird längst verschwunden sein und tun, was immer er tun will. Er hat gesagt, er ist fast am Ziel – wir müssen ihn stoppen!«

»Gut.« Peter ging an die Arbeit. Er hatte sich schon einige Gedanken gemacht. Von der Stirnseite des kleinen Raums

holte er die Bretter, die dort lagen. Er suchte sich die kleinste Latte. »Versucht, das Rolltor unten rechts und links von der Taschenlampe zu greifen und es ein klein wenig anzuheben«, trug er seinen Kollegen auf. »Dann kann ich eins der Bretter wie einen Hebel ansetzen und es vielleicht noch höher stemmen. Dann baut ihr mit den anderen Brettern etwas unter!«
Justus und Bob ächzten, als sie das Tor wenigstens einige Millimeter hochwuchteten. »Schnell, wir …« Mehr brachte der Erste Detektiv nicht heraus, ehe er loslassen musste.
Da klemmte bereits ein Brett quer zwischen Tor und Boden. Peter konnte ein anderes Stück Holz als Hebel über der Taschenlampe ansetzen, die dabei knirschte und zerbrach.
Mühsam gelang es den drei ??? tatsächlich, das Tor Stückchen für Stückchen in die Höhe zu schieben.
Bald wurde es von einer abenteuerlichen Bretterkonstruktion hoch genug über dem Boden gehalten, dass sich die Jungen ins Freie schieben konnten.
Justus hatte am meisten Mühe – er konnte sich gerade so hindurchquetschen. »Uff«, keuchte er. »Das war knapp. Nun auf zu Mrs Riker! Wir müssen sie warnen und zugleich etwas vorbereiten. Ich weiß, wer uns entführt hat!«
»Du … weißt es?«, fragte Bob skeptisch.
»Na ja«, schränkte der Erste Detektiv ein. »Ich habe einen Verdacht, sagen wir es so. Aber das sollte sich recht einfach überprüfen lassen.«

Weiter auf Seite 14.

Du bist von Seite 139 hierhergelangt.

Ein Wassertropfen fiel aus Melissas nassen Haaren und platschte auf den Boden. »Das ist Ihr Spind?«, fragte sie die dicke Frau. »Ich habe gesehen, wie …«

Doch die Frau hörte das Mädchen gar nicht, sondern rief erneut und noch lauter als zuvor: »Das ist ja *un*-ge-*heu*-er-*lich*!«, wobei sie jede zweite Silbe besonders betonte.

Bob bekam noch mit, dass Peter etwas zu der Bestohlenen sagte, doch er verstand nicht, was. Im nächsten Moment stieß die wütende Frau den Zweiten Detektiv zur Seite und eilte davon. Peter folgte ihr.

Bob blieb mit Melissa zurück, die schon längst nicht mehr weiterredete. »Was war denn mit dem Spind?«, fragte er. »Ich meine, du wolltest die Dick… also, du wolltest der Frau doch irgendetwas sagen?«

Melissa winkte ab. »Geht mich vielleicht nichts an.«

»Alles, was du beobachtet hast, könnte wichtig sein.«

»Ach ja? Und wer sagt das?«

Bobs Hand zuckte dahin, wo normalerweise seine Hosentasche gewesen wäre, aus der er eine Visitenkarte hätte ziehen können. Es konnte in dieser Situation nichts schaden, ein wenig Eindruck zu schinden. Doch müde, wie er war, hatte er vergessen, dass er gar keine Hose trug, sondern nur den Bademantel. Er hoffte nur, dass es nicht allzu dämlich aussah, als er die Hand deshalb in die Tasche des Mantels steckte. Er wich ihrem Blick aus. »Ich untersuche mit meinen Freunden einige Diebstähle im Hotel.«

»Echt?«, fragte Melissa. »Ihr seid ja wirklich skurril, ihr drei. Seltsames Hobby.«

»Wir sind Detektive.« Von seinen Kollegen sah Bob nichts

mehr. Aber er hörte die dicke Frau aufschreien, noch entrüsteter als vorher. Was da wohl passiert war?
Noch einmal winkte Melissa ab. »Geht mich alles nichts an. Ich muss mit meinen Eltern noch diese Nacht hier im Hotel rumhängen, morgen geht's endlich nach Hause.«
»Aber erzähl doch mal, was ...«
»Hör zu«, sagte sie. Ihre Augen funkelten. »Ich gefalle dir. Okay. Das schmeichelt mir.« Melissa zupfte das Handtuch um ihre Hüften fester. »Aber ich hab echt kein Interesse.«
»Das siehst du völlig falsch!«, versicherte Bob hastig.
»Ich gefalle dir also nicht?«
»Doch, klar, aber ...« Bob verhaspelte sich und wusste nicht mehr, was er sagen sollte. Dieses Mädchen brachte ihn völlig aus der Fassung! Er verhielt sich absolut albern, als hätte er noch nie ein Wort mit einem Mädchen gewechselt. Was war nur mit ihm los? Müde, dachte er. Ich bin einfach zu müde.
»Lass gut sein«, bat Melissa, drehte sich um und ging. So leicht wollte sich Bob nicht abschütteln lassen – sie wusste irgendetwas und diese Chance durfte er nicht ungenutzt verstreichen lassen!
»Warte!«, sagte er, machte einen hastigen Schritt, rutschte in einer Pfütze aus, ruderte mit den Armen, fand aber keinen Halt. ACHTUNG RUTSCHGEFAHR hatte auf dem Klappschild gestanden. Jetzt wusste er, warum – und auch, dass er besser seine Badelatschen mitgenommen hätte. Nein!, dachte er noch, weil er das Verhängnis kommen sah ...

Ein überaus peinliches »Autsch!«. Lies weiter auf Seite 36.

Du bist von Seite 35 hierhergelangt.

»Ihr könnt nicht einmal mit dem Aufzug bis in die Stockwerke der Mietwohnungen fahren«, fuhr Mrs Riker fort.

»Auch nicht mit unserer neuen Karte?«, fragte Peter.

»Sie gilt für die obersten Etagen nicht, weil diese nichts mehr mit dem normalen Gästebetrieb zu tun haben. Aber keine Sorge. Ich habe vorhin ein Treffen mit Mr Krolop vereinbart. Er ist der Verantwortliche für die Haustechnik, habe ich ihn schon erwähnt? Unser Technikmeister. Er kennt sich hier aus wie kein anderer. Er wird euch eine Spezialkarte geben.«

Justus versuchte sich vorzustellen, wie viel Technologie es in einem Hotelturm wie diesem gab und wie viele Dinge daher defekt sein konnten. Ihm fiel immer mehr ein, vom Aufzug über die Klimaanlage bis zum Schwimmbad, den Feuerschutzeinrichtungen und der Heizung.

Mr Krolop erwies sich als sympathischer, drahtiger Mann, der offenbar alles ganz gelassen nahm. Der Erste Detektiv bemerkte, dass auf seinem Namensschild kein Vorname stand. Als Justus ihn auf die Tücken eines solch großen Gebäudes ansprach, lachte er nur. »Wenn sich eine Gelegenheit ergibt, zeige ich euch mal den Hauptschaltraum, von wo ich Zugriff auf die Wasser- und Stromversorgung und die Klimaanlage habe. Es gibt allein dort tausende von Relais, Leitungen und Rohren. Wenn irgendetwas davon kaputtgeht, heißt es suchen … und das kann dauern. Ich habe mal zwei Monate lang gesucht, bis ich ein durchgeschmortes Kabel gefunden habe! Aber das interessiert euch sicher gar nicht. Hier!« Er reichte Peter eine Karte. »Die haltet ihr vor den Sensor, genau wie sonst auch – nur dass ihr danach jede Etage anwählen könnt.«

»Mr Krolop«, meinte Justus, »wo Sie gerade hier sind … Sie wissen doch alles über das Hotel.«

»Fast alles«, erwiderte der Technikmeister bescheiden. »Was willst du wissen?«

»Einer der Aufzüge ist ungewöhnlich groß.«

»Ach, Just«, ächzte Bob, »fang nicht wieder damit an.«

»Gut beobachtet, Junge!« Mr Krolop klang erstaunt. »Das fällt sonst keinem auf. Das hat tatsächlich einen Grund.«

»Und der wäre?«, fragte der Erste Detektiv triumphierend.

Krolop grinste. »In dem großen Lift sollten Särge transportiert werden können.«

»S-Särge?«, fragte Peter unbehaglich.

»Genau das. Als der Turm erbaut wurde, hätte er ursprünglich eine noble Altersresidenz beherbergen sollen. Mit dem Ableben der Bewohner musste also gerechnet werden. In der Tiefgarage gibt es sogar einen Kühlraum, in dem die Toten übers Wochenende hätten … zwischengelagert werden können.«

»Das ist ganz schön makaber«, meinte Peter.

»Aber Realität.« Mr Krolop wandte sich der Tür zu. »Ich muss weiter. Wir sehen uns bestimmt noch.« Er verließ den Raum. Die drei ??? folgten wenig später und fuhren im Lift nach oben. Die dauerhaft vermieteten Wohnungen begannen ab der 17. Etage des Turms. Hoffentlich würden sie dort einen der Mieter antreffen.

Sollen die drei ??? den Mietern ehrlich sagen, warum sie sie sprechen wollen? Dann gehe zu Seite 94.

Oder irgendeine Ausrede benutzen, um anonym zu bleiben? Auf zu Seite 111.

Du bist von Seite 13 hierhergelangt.

Ohne noch länger nachzudenken, hetzte der Zweite Detektiv durch die offen stehende Zimmertür. Ihm fiel auf, dass der Raum ganz anders aussah als ihr eigenes Zimmer: Ein kleiner Flur führte um die Ecke, dort in einen Wohnbereich mit einer edlen Couch. Eine Säule stand mitten im Raum.

»Was ist mit Ihnen?«, hörte er eine Stimme – ein Zimmermädchen schaute aus dem Badezimmer. »Wenn Sie Angst vor dem Alarm haben, können Sie beruhigt sein. Ich habe bereits Entwarnung bekommen, es brennt nirgends, sonst hätten auch die Feuersirenen …«

»Keine Zeit!« Peter rannte durch den Raum, riss den Vorhang zur Seite und schaute aus dem Fenster. Das sah höher aus, als er gedacht hatte. Die Straße lag schätzungsweise drei oder vier Meter tiefer. Etwas weiter rechts, unterhalb von Zimmer 104, in das Stephen Carter geflüchtet war, stand am Rand der Frühstücksterrasse ein kleines Holzhäuschen. Peter erinnerte sich, es am Morgen gesehen zu haben. Dort wurden abends auch Getränke ausgeschenkt.

Genau in diesem Moment sprang Carter aus seinem Zimmer auf das Dach des Häuschens. Er kam krachend auf, ruderte mit den Armen, um das Gleichgewicht zu halten, und ließ sich dann von dort auf die Straße fallen.

Verflixt noch mal! Der Verbrecher würde entkommen, wenn Peter nicht sofort handelte.

Der Zweite Detektiv schätzte die Tiefe ab, beschloss, aufs Ganze zu gehen, und sprang genau in dem Moment, als das Zimmermädchen hinter ihm aufschrie. Er landete hart auf dem Asphalt, ging in die Knie – und schrie vor Schmerz auf. Etwas knackte, er fiel auf die Seite und glaubte, sein Bein wür-

de in Flammen stehen. Gebrochen, dachte er entsetzt, ich hab mir das Bein gebrochen!
Er konnte nur zusehen, wie der Dieb davonrannte.
Keine zwanzig Minuten später kam ein Krankenwagen. Und noch ein paar Minuten später, gerade als sie losfahren wollten, tauchte Peters Vater auf, den Justus angerufen hatte, als er vom Unfall seines Freundes erfahren hatte.
»Jetzt ist aber Schluss mit dem Detektivspielen!«, fuhr Mr Shaw seinen Sohn an und konnte doch seine Erleichterung nicht verbergen, dass es seinem Sohn den Umständen entsprechend gut ging. Er schaute Justus und Bob an. »Und das gilt auch für euch beide! Ich habe Titus und Mathilda schon Bescheid gesagt und deinen Eltern auch, Bob. Wir sind uns alle einig – was zu viel ist, ist zu viel!«

Kurz darauf wurde Peter ins Krankenhaus gefahren. Er wusste: Damit war dieser Fall gelaufen. Am selben Tag erfuhren die drei ???, dass Mr Carter zwar den Einbruch in das Gästezimmer und auch in die Schließfächer im Schwimmbadbereich zugegeben hatte, aber mit den anderen Diebstählen nichts zu tun hatte. Für die drei ??? war das alles andere als befriedigend. Das Rätsel um das Derlin-Hotel blieb für immer ungelöst. Zu waghalsig darf ein Detektiv eben auch nicht sein …

Du bist von Seite 81 hierhergelangt.

»Hilfe!«, kreischte er, während er mit den Armen ruderte und an der glitschigen Wand abrutschte. Er glitt weiter nach vorn. Sein Herz hämmerte rasend, der Schreck fuhr ihm eiskalt in alle Glieder.
Wie hatte er nur so dumm sein können, überhaupt in diese Röhre zu steigen? Alles wäre besser gewesen als das!
Erneut schrie er um Hilfe – und fühlte, wie ihn jemand an den Unterschenkeln packte und mit einem Ruck zurückriss.
Mit dem Oberkörper und dem Gesicht schlitterte er über den Metallboden und damit mitten durch eine Schicht aus altem, ranzigem Fett, das sich dort abgesetzt hatte. Aus so unmittelbarer Nähe stank es erbärmlich.
Keine Sekunde später fiel er auf den sicheren Teppichboden des Korridors. Sein Atem ging schwer und der Schreck steckte ihm noch in allen Gliedern, als er sich mühsam in die Höhe stemmte.
»Du Idiot!«, hörte er Krolop noch sagen, dann rannte der Technikmeister davon. Inzwischen stürzten auch Justus und Peter aus dem Zimmer, in dem sie sich verborgen hatten. Natürlich waren ihnen Bobs Hilferuf und Krolops spontane Rettungsaktion nicht entgangen.
»Was ist hier gerade passiert?«, fragte der Erste Detektiv.
Bob schaute an sich herab. Seine Kleider trieften vor Fett, als wäre er eine lebende Fritte. Gesicht, Hände und Arme waren ebenso voller Fett wie die Haare.
»Ich hab Mist gebaut«, sagte Bob matt. »Wollte nicht, dass er mich sieht, aber …« Er schaute in die Richtung, in die Mr Krolop davongeeilt war. »Kollegen, er hat mir das Leben gerettet.«

Das passte so gar nicht ins Bild. Dass Mr Krolop danach sofort geflohen war, bewies, dass er tatsächlich der Dieb und Entführer war, aber offenbar war er doch kein völlig skrupelloser Verbrecher. Er hatte nicht zugelassen, dass Bob im Küchenabzugsschacht etwas geschah. Für ihn gab es offenbar eine Grenze, die er nicht überschritt.

Nach Bobs Aktion blieb es ruhig im Derlin-Hotel.

An diesem Tag duschte der dritte Detektiv länger als je zuvor in seinem Leben und fand später doch noch einen Fettrest in seiner Ohrmuschel.

»Mach dir nichts draus«, sagte Mrs Riker später. »Ich bin auf einem Bauernhof aufgewachsen und mir hat als Kind einmal, als ich hinter ihr vorbeilief, eine Kuh mitten ins Ohr … also … du weißt schon … Das schießt mit gewaltigem Druck heraus und …«

Das brachte sogar Justus zum Lachen, der alles andere als zufrieden war, wie dieser Fall ein Ende gefunden hatte.

Mr Krolop blieb verschwunden. Er wusste, dass die Jungen ihn enttarnt hatten und er sich nicht mehr blicken lassen durfte. Weitere Diebstähle gab es nicht, allerdings erfuhren Justus, Peter und Bob auch nie, was wirklich hinter den Einbrüchen gesteckt hatte.

Du bist von Seite 101 hierhergelangt.

Janice schaute die drei ??? misstrauisch an. »Entschuldigen Sie, dass wir Sie belästigt haben«, bat Peter. »So wichtig ist es auch wieder nicht. Und Sie haben natürlich recht, das ist auch nicht Ihre Aufgabe. Tut uns leid.«

»In welchem Zimmer wohnt ihr denn?«, fragte Janice. Sie nahm das Handy aus der Tasche. »Dann kann ich …«

Der Zweite Detektiv winkte ab. »Wie gesagt, es war nicht so wichtig!« Er gab seinen Kollegen ein Zeichen und sie gingen weiter den gebogenen Flur entlang zu ihren Zimmern.

Justus warf einen Blick über die Schulter zurück. »Sie telefoniert«, flüsterte er seinen Freunden zu. »Bestimmt sind alle Angestellten angehalten worden, stets die Augen offen zu halten und jeden möglichen Hinweis auf die Diebstähle sofort weiterzumelden. Ach verflixt, wir haben uns mit unseren Fragen verdächtig gemacht.«

»*Ihr* habt das«, stellte Bob klar. »Ich wollte ja …«

»Schon gut«, unterbrach Peter. »Das wäre wohl wirklich besser gewesen. Jetzt hoffen wir mal, dass das wieder im Sand verläuft. Das nächste Mal müssen wir vorsichtiger sein.«

Sie gingen in ihre Zimmer. Dort ließ sich Justus auf die Couch fallen, während Bob und Peter den schweren Stoffvorhang zurückschoben und einander gegenüber auf der Fensterbank Platz nahmen. Draußen floss der Los Angeles River völlig ungerührt von den Problemen der drei Detektive.

»Lasst uns nachdenken«, schlug Justus vor. »Es ist sicher am besten, wenn wir doch Plan B angehen und uns an die Rezeption wenden. Vielleicht waren wir doch ein bisschen zu investigativ.«

»So wie du mit deinem Fahrstuhl«, meinte Bob. Er räusperte

sich und ahmte Justus' Sprechweise nach: »Kollegen, ich wittere ein Rätsel, das wir unbedingt lösen müssen! ›Die drei ??? und die seltsamen Aufzüge‹.«

»›Seltsam‹ geht nicht«, warf Peter todernst ein. »Wir hatten doch schon den Fall mit dem seltsamen Wecker. Da brauchen wir schon ein anderes Wort zur Beschreibung.«

Die drei lachten und ihr Frust verflog. Wenn man es mit Humor nahm, ging vieles leichter. Ein Klingelgeräusch hallte durch den Raum. Justus ging zur Tür und öffnete.

Eine Frau kam ins Zimmer. Sie trug ein edles Namensschild, das sie als MONICA RIKER vorstellte. Die Spitzen ihrer dunkelblonden Haare bogen sich über den Schultern nach außen.

»So«, sagte sie. »Ihr seid also die drei ???.«

»*Sie* haben uns engagiert?«, fragte Justus erstaunt.

»In der Tat – weil ich dachte, dass ihr unauffällig im Hotel ermitteln könnt. Ich habe mich extra nicht zu erkennen gegeben, weil ich herausfinden wollte, ob ihr die Richtigen für diesen Fall seid.« Sie seufzte. »Offenbar nicht. Ihr seid alles andere als unauffällig vorgegangen. Janice ist misstrauisch geworden und hat sich bei mir gemeldet!«

»Aber …«

»Nichts aber, Jungs. Solchen Trubel kann ich nicht gebrauchen. Für euch ist der Fall gelaufen.«

Mehr erfuhren die drei ??? nicht – und die Diebstähle im Derlin-Hotel blieben für immer unaufgeklärt.

Du bist von Seite 96 hierhergelangt.

Justus und Peter beschlossen, Mr Krolop weiterhin zu beobachten. Dazu mussten sie ihn jedoch erst einmal ausfindig machen, was alles andere als einfach war. Sie wollten nicht schon wieder Mrs Riker unter einem Vorwand anrufen lassen. Die beiden ?? trennten sich. Während Justus auf die Suche ging und stets darauf achtete, möglichst unauffällig zu bleiben, um nicht umgekehrt von Krolop entdeckt zu werden, ging Peter in ihr Zimmer und holte zwei Wanzen und einen Peilsender. So waren sie immerhin gewappnet, wenn sich überraschend eine Möglichkeit ergab, die Geräte einzusetzen. Die Gelegenheit kam tatsächlich eine Stunde später, als Mr Krolop in die Mittagspause ging. Bob hatte sich wieder erholt und war inzwischen zu seinen Kollegen gestoßen. Sie hatten unauffällig die Lobby beobachtet – und Mr Krolop bis zu einem kleinen Restaurant in der Nähe verfolgt, das auf einer Tafel mit SCHNELLER MITTAGSTISCH warb.

Krolop hängte seine leichte Jacke über den Stuhl, setzte sich und bestellte etwas. Peter beobachtete alles von der gegenüberliegenden Straßenseite. Er sah, dass ihr Gegner kurz danach aufstand und quer durch den Raum ging, in Richtung der Toiletten.

Der Zweite Detektiv nutzte die Gelegenheit und eilte ebenfalls ins Restaurant. Die meisten Plätze waren belegt. Peter setzte sich auf den Stuhl, der direkt neben Krolops Platz lag, und versuchte, sich seine Nervosität nicht anmerken zu lassen. Hoffentlich kam der Technikmeister nicht vorschnell zurück!

Unauffällig ließ Peter die winzige Wanze in der Brusttasche von Krolops Jacke verschwinden, wartete mit aufgeregt klopfendem Herzen noch ein paar Sekunden, schaute dann auf die Uhr und stand wieder auf. So hoffte er für die anderen Gäste nicht zu auffällig zu wirken.

Niemand sprach ihn an, bis er wieder im Freien war.

Perfekt! Wann immer Krolop seine Jacke trug, konnten sie nun hören, was er sagte. Sie beschlossen, deshalb ins Hotel zurückzugehen.

Doch obwohl die drei ??? den ganzen Tag über am Ball blieben, geschah nichts mehr, was mit dem Fall zu tun hatte. Weder kam es zu einem weiteren Einbruch noch fanden Justus, Peter und Bob eine andere Spur. Irgendwann hatte Krolop wohl das Spiel der drei Detektive bemerkt – spätestens, als er entdeckte, dass sie aus dem Kühlraum ausgebrochen waren. Ihr Gegner war einfach zu geschickt vorgegangen. Vielleicht hatte er die Wanze gefunden oder war auf andere Weise auf seine Verfolger aufmerksam geworden.

»Irgendwie«, meinte Justus frustriert, »kommt es mir so vor, als würden wir in diesem Fall ständig an unsere Grenzen stoßen und keine Lösung finden ...«

Da hat der Erste Detektiv wohl recht. Am nächsten Tag war Franciszek Krolop für immer verschwunden.

Du bist von Seite 25 hierhergelangt.

Vor dem Hotelzimmer von Flos Familie wurde es eng – eine ganze Reihe Leute tummelte sich nun im Gang. Einer der beiden Polizisten stellte sich als Inspektor Barrany vor. »Gehen wir erst mal ins Zimmer«, bat er. »Zumindest alle, die betroffen sind.« Dabei warf er den drei ??? fragende Blicke zu.
Die Antwort auf die unausgesprochene Frage übernahm Mrs Riker: »Die drei gehören zu mir. Sie beschäftigen sich auf meine Bitte hin ebenfalls mit den Diebstählen hier im Hotel.«
»Wir sind Detektive«, erklärte Justus selbstbewusst.
Barrany grinste schmallippig. »Nichts gegen euch, Jungs, aber …« Er sprach den Satz nicht zu Ende, glaubte wohl, damit seine Meinung deutlich genug zum Ausdruck gebracht zu haben. Die drei ??? hatten das allerdings schon zu oft erlebt, um sich davon einschüchtern zu lassen. »Wir haben der Polizei in Rocky Beach schon oft geholfen«, sagte Bob. »Sie können dort bei Inspektor Cotta nachfragen, er wird …«
»Ja, ja«, unterbrach Barrany barsch. »Wir können später darüber reden. Hier gibt es eine Familie, die unsere Hilfe benötigt. Das ist jetzt wichtiger.«
Peter mischte sich in das Gespräch ein. »Wir haben bereits etwas herausgefunden, Sir! Der Junge hat möglicherweise den Dieb beobachtet.«
Inspektor Barrany beugte sich zu Flo. »So? Was hast du denn gesehen, Junge?«
Flo sah sichtlich zufrieden aus. »Ein Mann kam aus unserem Zimmer. Der darf zwar dort rein, weil er hier arbeitet.« Er grinste. »Aber ich halte ihn dennoch für verdächtig.«
»Du bist ja ein ganz Schlauer«, sagte Barrany. »Das hast du von unseren Jungdetektiven, was?«

Weil Flo offenbar nicht wusste, was er sagen sollte, meldete sich Justus wieder zu Wort. »Leider kommt es in allen Hotels vor, dass auch Angestellte sich am Hab und Gut der Gäste vergreifen, wenn sie die Zimmer reinigen oder …«
»Das weiß ich«, knurrte Barrany.
Mrs Riker stellte sich neben den Ersten Detektiv. »Ich muss Justus recht geben. Hier im Hotel ist so etwas noch nie vorgekommen, aber wir müssen es in Betracht ziehen. Das lässt sich leicht überprüfen. Auch wenn der Junge nichts gesehen hätte, würde das zum Standard gehören. Wir können dank der modernen Schließanlage genau sehen, mit wessen Generalkarte die Tür geöffnet worden ist. Unser Haustechniker Mr Krolop nimmt bereits routinemäßig eine Überprüfung vor. Danach können wir den entsprechenden Mitarbeiter befragen.«
»Und du«, sagte Peter zu Flo, »kannst schon mal beschreiben, wen du gesehen hast.«
Flo gefiel es offenbar, im Mittelpunkt zu stehen. »Das war ein dicker Mann mit so einer Brille ohne Rahmen, einem Schnurrbart und grauen Haaren.«
Den hatten auch die drei ??? schon auf den Korridoren gesehen. Mrs Rikers Handy klingelte. »Ich glaube, ich weiß jetzt schon, wen du meinst«, sagte sie zu Flo. »Das klingt nach Stephen Carter. Der arbeitet … Moment bitte!« Sie nahm ab und wandte ihre Aufmerksamkeit dem Anrufer zu: »Ja … haben Sie den Namen, Mr Krolop? … Danke, das dachte ich mir.« Sie legte auf, drehte sich wieder um und sagte: »Stephen Carter, tatsächlich. Er war im Zimmer!«

Weiter auf Seite 123.

Du bist von Seite 11 oder 83 hierhergelangt.

Sie erreichten die Tür zur Tiefgarage, die allerdings geschlossen war. »Den Knopf«, forderte der Entführer. Mehr musste er nicht sagen. Peter drückte ihn. Die Tür öffnete sich klackend.

Dahinter lag die weite Halle der Tiefgarage. Betonpfeiler stützten die Decke. Bei Weitem nicht alle Plätze waren mit parkenden Autos belegt. Baugitter sperrten einen Teil ab, dahinter standen einige angekettete Fahrräder.

»Links«, befahl Peters Gegner. Der Zweite Detektiv gehorchte, konnte allerdings nicht weit gehen. Ein herabgelassenes Rolltor versperrte den Weg. Inzwischen dachte der Zweite Detektiv nicht einmal mehr drüber nach, sich umzudrehen, um seinem Entführer ins Gesicht zu schauen. Er würde es sicher bemerken und dann …

Eine Hand reckte sich seitlich an Peters Körper vorbei. Sie steckte in einem schwarzen Lederhandschuh und hielt ihm einen Schlüssel hin. »Nimm den und schließ auf!«

Peter tat wie ihm geheißen. Rechts neben dem Rolltor befand sich ein Schloss. Als Peter den Schlüssel darin drehte, fuhr das Tor ratternd in die Höhe. Der Raum dahinter war fensterlos und dunkel. Allerdings stand eine Taschenlampe auf dem Boden.

»Rein! Und nicht umdrehen!«

Wieder blieb Peter nichts anderes übrig, als zu gehorchen. Kaum war er drinnen, fiel ihm zweierlei auf: Es war verflixt kalt – und das Rolltor schloss sich wieder. Peter saß in der Falle!

Weiter auf Seite 127.

Mit dem Aufzug rauschten die drei ??? in den zwölften Stock. »Seid ihr gewappnet, Kollegen?«, fragte Justus, als sie auf Zimmer 1205 zumarschierten. Seine Kollegen nickten. »Und denkt dran – Mr Krolop weiß nicht, dass wir ihn enttarnt haben. Also achtet genau auf seine Reaktion, wenn er uns sieht. Das kann uns den notwendigen letzten Beweis liefern. Vielleicht verliert er genau wir Mr Carter die Nerven.«

»Und wenn er seine Waffe dabeihat?«, fragte Bob, der auf einmal sichtlich Angst vor der eigenen Courage bekam. »Dann können wir ganz schön alt aussehen.«

»Wir sind zu dritt«, sagte Peter gelassen.

»Das beruhigt mich kaum«, erwiderte der dritte Detektiv. »Er hat uns schon einmal alle ausgeschaltet.«

Justus winkte ab. »Diesmal ist der Überraschungseffekt auf unserer Seite. Nur keine Angst, Bob.«

»Ich habe keine Angst«, versicherte der dritte Detektiv. »Ich bin nur vorsichtig!«

Vor der Tür blieben sie stehen und lauschten. Aus dem Zimmer hörten sie das Klopfen eines Hammers auf Metall. Justus hob die Hand vor den Klingelknopf, zögerte aber im letzten Moment.

»Los!«, verlangte Peter.

Der Erste Detektiv drückte. Das melodiöse Klingeln war auch auf dem Korridor noch leise zu hören.

Nur Sekunden später öffnete Mr Krolop die Tür und schaute die Jungen überrascht an. »Ihr?«, fragte er. War das die Reaktion eines ertappten Verbrechers? Es sah wenig erschrocken aus. Schauspielerte er gut? Oder war er am Ende doch unschuldig? Hatten sich die drei ??? getäuscht?

Du bist von Seite 103 hierhergelangt.

»Wir konnten uns befreien«, sagte Peter mit fester Stimme.
»Befreien?«
»Tun Sie nicht so! Sie haben uns entführt und bedroht!«
Mr Krolop griff seitlich neben sich und holte seine Jacke von der Garderobe. Er schlüpfte hinein. Den Kleiderbügel behielt er dabei in der Hand. Er schaute kurz zur Decke. Seltsam. »Entführt? Bedroht? Ich? Jungs, was ist denn mit euch los? Da geht die Fantasie mit euch durch. Ihr habt mir doch erzählt, dass ihr euren Freund Peter gesucht habt. Schön, dass ihr ihn gefunden habt.« Krolop kam einen Schritt näher. Wieder schaute er zur Decke.
Justus folgte dem Blick und begriff, was er vorhatte, genau in der Sekunde, in der es bereits zu spät war.
Krolop hob den Kleiderbügel mit einer ruckartigen Bewegung über den Kopf …
… und hängte ihn mit Schwung in das kleine Metallkästchen der Brandschutzanlage an der Decke.
Alles ging rasend schnell!
Der Haken des Bügels zerstörte das spezielle Glasröhrchen im Kästchen, das eigentlich platzen sollte, wenn die Raumtemperatur so hoch angestiegen war, wie das nur bei einem Feuer der Fall sein konnte.
Mit gewaltigem Druck schoss das Löschwasser aus der Sprinkler-Öffnung, ein Alarm heulte und in der nächsten Sekunde brach heilloses Chaos aus.
Eine rostig braune Brühe klatschte den drei ??? in die Gesichter und durchnässte ihre Kleider binnen weniger Augenblicke. Die Flüssigkeit kam mit viel größerem Druck, als Justus es für möglich gehalten hätte.

Ein vom Wasser getroffenes Bild rutschte aus seiner Befestigung und klatschte auf den Boden, wo der Rahmen zerbrach. Teppiche, Wände – alles war nach Sekunden völlig durchnässt.

Türen wurden aufgerissen, und als die drei ??? endlich den ersten Schreck überwunden hatten, war Krolop bereits geflohen.

Peter rutschte in einer Pfütze aus. Das Wasser schoss noch immer mit erstaunlichem Druck aus der Löschvorrichtung, und das würde sich wohl auch so schnell nicht ändern.

Zwei Kinder kamen aus einem Zimmer. Ein etwa zehnjähriger Junge versuchte seine kleine Schwester zu beruhigen. Das Mädchen, vielleicht gerade einmal drei Jahre alt, weinte.

Justus wollte dem Verbrecher hinterher, doch das Mädchen klammerte sich plötzlich an ihn. »Angst«, sagte es.

Was soll Justus tun? Krolop verfolgen? Dann ab zu Seite 50.
Oder sich um das Mädchen kümmern? Dann lies auf Seite 126 weiter!

Du bist von Seite 39 hierhergelangt.

Die beiden Kinder am Nachbartisch lachten lautstark. Auf ihren Tellern türmten sich Muffins und Kuchenstücke. Ihre Eltern kamen nun auch in den Frühstücksraum und setzten sich. Die Mutter war eine zierliche Frau mit rötlich blonden Haaren, der Vater trug eine dicke Nickelbrille und lächelte freundlich. Die drei Detektive achteten genau auf die Hotelgäste rundum – man konnte nie wissen, was sich später noch als wichtig erwies.

Ein Kellner stellte ihnen eine neue Kaffeekanne auf den Tisch und fragte dann die drei ???, ob sie noch irgendwelche Wünsche hätten. Alle bestellten frische Omeletts.

»Ich bin ja froh, dass wir gestern nicht mehr losgezogen sind«, meinte Peter. »Ich war echt hundemüde. Wer weiß, welchen Unfug ich angestellt hätte.«

»*Du* bestimmt«, feixte Justus. Peter lachte gekünstelt.

»Ja, ja, schön und gut«, meinte Bob. »Jetzt komm mal zur Sache, Peter! Du hast also eine Idee, wie wir herausfinden können, wer unsere Auftraggeberin ist?«

»Noch müssen wir sie unter Vorbehalt so nennen«, stellte Justus klar. »Wir haben noch nicht mit ihr gesprochen – den Auftrag also auch noch nicht angenommen.«

Bob verdrehte die Augen. »Aber für die Akten: Wir sind hier. Das reicht mir völlig aus. Also, Zweiter – dein Vorschlag!«

Peter nickte. »Wir gehen an die Rezeption, zeigen den Gutschein und fragen, wer ihn hat ausstellen lassen. Ich war ja gestern auch dafür, dass wir nicht gleich mit der Tür ins Haus fallen, aber jetzt sollten wir wirklich mit den Ermittlungen beginnen. Das mit dem Gutschein kann doch kein Staatsgeheimnis sein. Und wenn doch – Fragen schadet nichts.«

Am Nebentisch klirrte es und ein Messer landete scheppernd auf dem Boden. »Flo, pass doch auf!«, sagte der Vater genervt. Der Junge bückte sich, während das Mädchen kicherte. »Du bist aber auch so *ungeschickt!*«, rief es.
Bob lehnte sich zurück und strich sich über den vollen Bauch. »Ich habe eine andere Idee. So einfach wird sich unsere mysteriöse Fremde vielleicht nicht finden lassen. Wir sollten uns eher dezent zurückhalten, unauffällig bleiben und uns an eine der Hausdamen wenden. Die wissen oft sehr viel darüber, was in Hotels so vor sich geht … und sie können uns vielleicht auch sagen, wer überhaupt solche Gutscheine ausstellt. Es wird sicherlich jemand hier vom Hotel gewesen sein.«
»Hausfrauen?«, meinte Peter. »Was meinst du damit?«
»Haus*damen*«, verbesserte Bob. »So nennt man das in besseren Hotels wie diesem hier. Das sind die Zimmermädchen.«
»Ach so.« Peter schüttelte skeptisch den Kopf.
»Nur nicht so pessimistisch«, verlangte Bob. »Die Hausdamen sind sozusagen die guten Geister im Hotel. Die haben Einblick in alles Mögliche.«
»Hm«, brummte Justus. »Was sollen wir also tun? Ganz freiheraus und offensiv an die Rezeption gehen? So kommen wir wahrscheinlich schnell weiter – aber das könnte auch unsere Tarnung gefährden. Deswegen lieber im Verborgenen ermitteln, wie Bob es vorschlägt?«

Direkt an der Rezeption nachfragen? Ab zu Seite 48.
Oder eher geheim ermitteln? Auf zu Seite 20.

Du bist von Seite 13 hierhergelangt.

Peter rannte zurück ins Treppenhaus und hetzte über die Stufen nach unten. Er kam in die Hotellobby, wo wegen des Alarms ein heilloses Durcheinander herrschte. Hotelgäste und Angestellte liefen aufgeregt durcheinander. Peter durchquerte hastig die Halle und quetschte sich durch die gläserne Drehtür ins Freie.

Sofort hetzte er nach rechts. In dieser Richtung lag das Zimmer, in das Stephen Carter geflohen war. Peter konnte nur hoffen, dass er sich nicht getäuscht hatte und der Dieb tatsächlich über das Fenster ins Freie fliehen wollte. Diese Hoffnung bestätigte sich sofort darauf. Eins der Fenster wurde aufgerissen. Carter schwang sich über die Fensterbank – und sprang!

Er landete auf dem Dach eines kleinen Holzhäuschens, das am Rand der Frühstücksterrasse stand. Ein Schild verriet, dass dort abends Cocktails verkauft wurden.

Peter rannte los. Gerade als Carter vom Dach auf den asphaltierten Platz sprang, war auch der Zweite Detektiv zur Stelle. Er packte seinen Gegner und bog ihm die Arme auf den Rücken, ehe dieser sich auch nur wehren konnte.

»Lass mich los!«, herrschte Carter ihn an und versuchte, Peter abzuschütteln. Ein Ellenbogen landete in der Magengrube des Zweiten Detektivs, der ächzte und sich zusammenkrümmte. Rundum strömten bereits einige neugierige Leute zusammen.

»Helfen Sie mir!«, rief Peter. »Dieser Mann ist ein Dieb!«

Carter wollte fliehen – doch schon stellten sich ihm zwei Männer beherzt in den Weg. Der Dieb war gefangen!

Weiter auf Seite 33.

Bob eilte die zwei Schritte zur Öffnung in der Säule – und stieg, so schnell er konnte, in die Röhre. Dazu musste er die Abdeckung ein wenig zur Seite schieben. Als er die Hände auf den Metallboden der Röhre aufsetzte, rutschte er weg. Seltsam, alles fühlte sich glitschig an.

Bob zog die Beine nach, kauerte auf dem Metall und zog rasch die Abdeckung wieder ein wenig vor die Öffnung in der Säule.

Dann erstarrte er förmlich. Atemlos verharrte er in der unbequemen Haltung. Er durfte sich nicht bewegen, nicht zu laut atmen! Krolop würde gleich direkt an ihm vorbeilaufen …

Doch nichts tat sich.

Der Technikmeister des Hotels kam nicht aus dem Zimmer.

Hatte sich Bob getäuscht?

War die ganze Aufregung umsonst gewesen?

Der seltsame Geruch war in dieser eigenartigen Röhre noch viel stärker als im Gang. Was war das überhaupt für eine seltsame Konstruktion? Und warum waren der Boden und die Wände rundum, die auch eine glatte Metalloberfläche hatten, so furchtbar schmierig und glitschig?

Vorsichtig drehte sich Bob um und schaute tiefer hinein in die Röhre. Etwa fünfzig Zentimeter von ihm entfernt erstreckte sich ein engmaschiges Gitter, das nicht sonderlich stabil aussah. Alles lag in düsterem Zwielicht. Bobs Körper fing das meiste vom Korridor her einfallende Licht ab.

Hinter dem Gitter schien es keinen Boden zu geben, das immerhin glaubte der dritte Detektiv zu erkennen. Der Schacht fiel dort wohl senkrecht ab. Bob erinnerte sich an das Warnschild draußen im Korridor, das einen stürzenden Menschen

Du bist von Seite 93 hierhergelangt.

zeigte, und mit einem Mal fühlte er sich noch unbehaglicher als zuvor.
Plötzlich begriff er. Natürlich!
Ein senkrecht durch das ganze Gebäude abfallender Schacht – den hatte er am Vorabend im Bauplan des Hotels gesehen. Dies war der Abzugsschacht aus der Küche, die sich im Erdgeschoss befand.
Bob hatte sich noch gewundert, dass die Abluft der Herde und Öfen durch all die Stockwerke nach oben gesaugt und über das Dach ins Freie geblasen wurde. Der Zugang, in dem er lag, musste eine Reinigungsöffnung sein.
Was sich rund um ihn so glitschig anfühlte, war nichts anderes als Fettreste, die sich in geringem Maß durch das Gitter auch in dieser Zustiegsröhre ansammelten. Klar – auf dem Warnschild vor dem Einstieg hatte ja auch REINIGUNGVORGANG gestanden.
Draußen blieb es noch immer still. Krolop hatte das Zimmer offenbar doch nicht verlassen. Vielleicht war er nur ins Badezimmer gegangen, das zumindest in den Zimmern der drei ??? direkt neben der Ausgangstür lag.
Dann hätte er sich umsonst in dieser Röhre versteckt.
Bob wartete dennoch ab. Noch traute er sich nicht nach draußen. Auch nur vorsichtig hinauszulinsen wagte er nicht.
Aber solange er in der Röhre blieb … Ebenso neugierig wie vorsichtig rutschte er ein winziges Stück weiter und beugte sich zu dem Gitter, um direkt in den Schacht schauen zu können. So etwas bekam man ja nicht alle Tage zu sehen und er wollte ja nur einen kurzen Blick hineinwerfen.
Ein Schwall warmer Luft blies ihm von unten ins Gesicht,

während gleichzeitig ein Summen und Brausen im Schacht widerhallte. Bob erschrak und zuckte zusammen – was wiederum zur Folge hatte, dass er in seiner kauernden Haltung auf der glitschigen Fettschicht ausrutschte, mit den Knien aufschlug und sofort völlig den Halt verlor. Der dritte Detektiv schlug mit Kopf und Schultern gegen das Gitter, das knackend nachgab.

Im selben Moment wurden draußen im Korridor nun doch Schritte laut und eine Tür fiel ins Schloss.

»Krolop hier«, sagte ihr Gegner. Er sprach offenbar in sein Handy. »Haben Sie einen kurzen Moment Zeit? Es geht um die Klimaanlage in 1205.«

In diesem Moment löste sich das Gitter endgültig aus seinen Verankerungen und kippte nach innen.

Bob fand an den glitschigen Wänden keinen Halt. Er drohte in den Schacht zu stürzen!

Und jetzt? Soll Bob versuchen, selbst klarzukommen und im Verborgenen zu bleiben? Geh zu Seite 134!

Oder muss er in dieser Situation nicht doch um Hilfe rufen, selbst wenn nur Krolop ihn hört? Ab zu Seite 64.

Du bist von Seite 11 hierhergelangt.

Die Hand des Entführers quetschte Peters Oberarm schmerzhaft, ehe sie ihn losließ. Der Zweite Detektiv fügte sich zum Schein, ging mit hängenden Schultern und gesenktem Kopf aus dem Aufzug. Er versuchte den Eindruck eines ängstlichen Opfers zu erwecken, das an Flucht keinen Gedanken mehr verschwendete.

Und er dachte an die letzten Worte seines Gegners: »Ich habe eine Waffe!« Sollte Peter es trotzdem wagen zu fliehen? Würde der andere tatsächlich schießen? Oder war das eine leere Drohung gewesen? Fragen, auf die er keine Antwort finden würde. Alles war möglich!

Sie standen im unterirdischen Korridor, der vom eigentlichen Hotel zum Schwimmbad und zur Tiefgarage führte. Zwar war er noch nicht hier gewesen, aber weil er am Vorabend gemeinsam mit Bob die Baupläne des Hotels genau studiert hatte, konnte er sich orientieren. Die Schilder an den Wänden waren eindeutig.

»Geh zur Tiefgarage«, wiederholte sein Entführer mit dumpfer Stimme. Peter gehorchte, ohne sich umzudrehen oder zu versuchen, einen heimlichen Blick über die Schulter zu werfen. Momentan wäre das reine Dummheit gewesen.

Er kam an eine Abzweigung – rechts ging es den Schildern zufolge zur Garage, links zum Wellness-Bereich. Dort öffnete sich mit einem Klacken die Tür und im bis dahin nur schummrig erhellten Flurbereich sprang eine Deckenlampe an.

Ein Mann im weißen Bademantel kam näher und ging zum Aufzug. Ihm fiel offenbar nichts auf – was auch? Peter und sein Entführer standen scheinbar friedlich da, wie zwei völlig normale Hotelgäste. Peter hörte, wie sich hinter ihm die Aufzugstür schloss. Der Fremde im Bademantel fuhr nach oben. Mist – von ihm konnte der Zweite Detektiv keine Hilfe erwarten. Diese Chance war vertan. Alles ging so schnell. Noch immer fiel es Peter schwer, sich zu konzentrieren.

»Weiter!«, zischte der Entführer.

Die Tür Richtung Schwimmbad stand noch immer offen. Das war Peters Chance! Jetzt oder nie! Er rannte los.

Sein Entführer fluchte. Aber er schoss nicht.

Immerhin …

Die Tür vor ihm schloss sich automatisch wieder. Peter rannte schneller. Er musste es schaffen! Offenbar war er in den Bereich der Lichtschranke gekommen: Die Bewegung der Tür stoppte, dann öffnete sie sich. Peter huschte hindurch. Der Korridor verzweigte sich. Rechts stand ein Automat, über dem eine Deckenlampe brannte. Peter bog ab …

… und prallte fast gegen die Wand. Das war keine Abzweigung, sondern nur eine Nische! Gerade wollte er sich herumwerfen, da war schon sein Gegner heran, umklammerte ihn von hinten und packte ihn am Hinterkopf. »Das war dumm! Noch so was und es wird dir sehr leidtun.«

Peter hatte den Angreifer noch immer nicht gesehen. Nun wurden dem Zweiten Detektiv doch die Knie weich. Sein Fluchtversuch war ein wenig zu waghalsig gewesen. Das hätte leicht übel ausgehen können.

»Also los, in die Tiefgarage, das ist deine letzte Chance!«

Peter gab auf und fügte sich.

Weiter auf Seite 72.

Du bist von Seite 32 hierhergelangt.

Peter entschloss sich, zunächst einfach abzuwarten. In diesem Raum konnte Krolop keinen Schaden anrichten oder zumindest nicht auf das Dach vordringen. Bob und Justus kamen.
»Rufen wir die Polizei«, sagte Peter. »Krolop hat sich selbst eingesperrt. Verrammeln wir die Tür, dann sitzt er fest. Wenn er uns in eine Falle locken wollte, hat er sich geschnitten!«
Justus nickte. »Gut gedacht, Zweiter. Wir können …«
Weiter kam er nicht. Plötzlich dröhnte es so laut, dass die Tür leicht zu wackeln begann. Der Boden vibrierte ein wenig und das Dröhnen hörte nicht auf.
Die Tür wurde von innen aufgerissen und ein infernalischer Lärm schmetterte den drei ??? entgegen, als würde das gesamte Hotel in sich zusammenstürzen. Automatisch rissen sie die Hände hoch, hielten sich die Ohren zu, doch das nutzte kaum etwas.
Krolop sprang ihnen entgegen. Irgendetwas stimmte nicht mit ihm. In dem Raum hinter ihm stand eine gewaltige rote Maschine, die leicht vibrierte. Ihr Gegner packte die völlig desorientierten drei ??? und stieß sie durch die Tür. Der mörderische Lärm setzte sie außer Gefecht. Sie konnten sich nicht wehren.
Justus taumelte und verlor das Gleichgewicht. Da erst fiel ihm auf, was ihn an Krolops Anblick so verwirrt hatte: Er trug einen klobigen dunkelblauen Lärmschutzkopfhörer.
Krolop packte die Tür und schloss sie. Als Letztes deutete er aber noch mit einer übertriebenen Geste auf den Boden vor der Maschine. Peter reagierte als Erster. Dort lagen drei weitere Lärmschutzkopfhörer. Er setzte einen auf, reichte Bob und Justus die anderen. Sofort sank der Lärm auf ein erträgliches

Maß. Justus atmete erleichtert auf. Er hatte schon befürchtet, taub zu werden.

Die Maschine erwies sich als Notstromgenerator für das gesamte Hotel. Justus hatte einmal ein viel kleineres Gerät dieser Art gesehen und schon das war laut gewesen. Kein Wunder, dass ein Gigant wie dieser so viel Lärm verursachte. Sie konnten nicht miteinander reden: Es war unmöglich, den Lärm zu übertönen.

Peter überprüfte die Tür, doch sie ließ sich nicht öffnen. Kein Wunder. Krolop hatte sie eingesperrt. Ausgetrickst!

Die drei ??? saßen gefangen!

Bob war es inzwischen gelungen, den Generator auszuschalten. Das Dröhnen und Wummern ließ nach und verebbte. Der dritte Detektiv riss sich den Kopfhörer runter, seine beiden Kollegen ebenfalls.

»Wir müssen hier raus!«, stellte Peter das Offensichtliche fest.

»Fragt sich nur wie«, meinte Justus.

Peter schaute sich um. »Es gibt ein Fenster.«

»Wir sind mehr als fünfzig Meter hoch, du willst doch nicht …«

»Vielleicht können wir irgendwie auf uns aufmerksam machen.« Peter sah hinaus – und entdeckte die Dachterrasse nur zwei Stockwerke tiefer. Er erinnerte sich, von unten gesehen zu haben, dass sich der Turm dort verjüngte. Die Terrasse bildete die Decke der darunterliegenden Wohnungen.

»Kollegen«, sagte Peter, »ihr wisst, was wir tun müssen …«

Weiter auf Seite 106.

Du bist von Seite 139 hierhergelangt.

Justus Jonas war etwas aufgefallen: Um die Ecke der Wand, wo die Reihe der Spinde begann, lugten zwei Kinder und beobachteten das Geschehen. Es waren sicher die beiden, die schon die ganze Zeit über vom Schwimmbad her gelärmt hatten. Ein Junge und ein Mädchen, sie mochten etwa acht Jahre alt sein.

Justus ging zu ihnen. »Na, ihr zwei«, sagte er. »Noch wach?«

»Was'n das für 'ne Frage?«, nuschelte der Junge. Er hatte eine riesige Zahnlücke vorn im Oberkiefer.

»So spät ist es auch wieder nicht und wir sind doch keine Babys mehr!«, ergänzte das Mädchen. Seine roten Locken standen wirr in alle Richtungen.

»So war das nicht gemeint«, entschuldigte sich Justus.

Das Mädchen grinste. Es hatte ungefähr eine Million Sommersprossen. »Ach ja? Und wie sonst?«

»Ich wollte eigentlich was von euch wissen.« Der Erste Detektiv senkte verschwörerisch die Stimme. »Kommt, wir gehen ein paar Schritte zurück, wo uns keiner hören kann.«

Zu dritt marschierten sie auf dem nassen Boden an den Duschen vorbei bis zum Schwimmbecken, das verlockend hinter einer Übereck-Fensterfront lag. Man konnte nach draußen sehen, auf den Platz vor dem Eingang in den imposanten Hotelturm.

»Wisst ihr irgendwas über den Diebstahl aus dem Spind?«, fragte Justus. »Habt ihr vielleicht was gesehen?«

»Ausgerechn't wir?«, nuschelte der Junge.

»Kinder«, sagte Justus, »beobachten oft viel besser als Erwachsene. Deshalb sind meine Freunde und ich auch schon lange Detektive. Weil wir selbst so gut beobachten.«

Das Grinsen des Mädchens wurde noch breiter. Es rümpfte die Nase, dass die Sommersprossen hüpften. »Cool.«

»Also, habt ihr was gesehen?«, fragte der Erste Detektiv.

»Nö« und »Nein«, sagten die beiden Kinder gleichzeitig. »Wir waren im Wasser«, fuhr das Mädchen fort, »als die Frau zu kreischen angefangen hat. Das wollten wir uns natürlich ansehen.«

»Kann ich verstehen«, meinte Justus. »Seid ihr schon länger hier im Hotel? Das war nämlich nicht der erste Einbruch.«

»Cooool«, dehnte der Junge. »Wie heißt'n du?«

»Justus.«

»Ich bin der Flo. Florian Hilson. Das ist meine Schwester.«

»Und?«, fragte der Anführer der drei ???. »Hat deine Schwester auch einen Namen?«

»Mary«, sagte das Mädchen mit piepsiger Stimme.

»Hey, was soll das?!«, herrschte ihn plötzlich eine dumpfe Stimme barsch an. Justus zuckte zusammen, wich unwillkürlich einen Schritt zurück und stieß dabei gegen Mary, die auf dem glitschigen Boden ausrutschte und rückwärts in das Schwimmbecken fiel.

So schreckhaft und ungeschickt kennen wir Justus gar nicht.
Weiter auf Seite 115.

Du bist von Seite 96 hierhergelangt.

Justus und Peter entschieden, so viel wie möglich über Mr Krolop herauszufinden. Es war immer gut, über seine Gegner Bescheid zu wissen.

»Jede Information kann wertvoll sein und eine völlig neue Sichtweise eröffnen«, dozierte Justus. »Ein guter Detektiv muss allen nur denkbaren Spuren nachgehen. Nur wer alle Details kennt, erhält am Ende das richtige Gesamtbild.«

Der Zweite Detektiv grinste. »Du klingst ja wie Bob, ehe er wieder mal auf Recherchetour geht und sich stundenlang hinter irgendwelchen Büchern in der Bibliothek vergräbt.«

»Wo er recht hat«, meinte Justus altklug, »hat er eben recht.«

Peter grinste noch breiter. »Alles klar. Jetzt klingst du wieder wie du selbst.«

Kurze Zeit später saßen sie mit Mrs Riker in ihrem Büro. »Sie hatten erwähnt, dass Sie Mr Krolop seit ungefähr einem Jahr kennen«, erinnerte sich der Erste Detektiv.

»Genau«, antwortete sie. »Seitdem er hier arbeitet.«

»Warum hat er die Stelle übernommen? Was war denn mit seinem Vorgänger geschehen?«

Ihre Auftraggeberin seufzte gedehnt und trommelte mit den Fingern auf der Tischplatte. »Das ist eine alte Geschichte, an die ich mich nicht gerne erinnere. Das lief … nicht gerade harmonisch damals.«

Die beiden ?? wurden sofort hellhörig. »Erzählen Sie uns alles darüber!« Waren sie tatsächlich auf der richtigen Spur?

»Mr Krolops Vorgänger hieß Styles, Jeremy Styles, um genau zu sein.«

»Bei ihm kennen Sie also den Vornamen«, stellte Justus fest.

»Styles hatte fast zwanzig Jahre hier im Hotel gearbeitet. Am

Ende stand er im Verdacht, über all die Zeit ständig Geld veruntreut zu haben.«

»Zwanzig Jahre lang?«

»Genau. Es ging nie um große Beträge, aber es wurden eine Menge Unstimmigkeiten festgestellt. Allerdings konnte ihm nie etwas bewiesen werden. Mal hat er Reparaturmaterial in Rechnung gestellt, das er vielleicht gar nicht gekauft hat. An anderer Stelle hat er teure Ersatzteile für die Haustechnik bestellt, die er wahrscheinlich gar nicht verbaut hat, sondern wohl auf dubiosen Wegen auf eigene Rechnung verschachert hat. Mal hat er zu viele Überstunden aufgeschrieben … und so weiter.« Sie winkte ab. »Wie gesagt, sicher nachweisen konnten wir das alles nicht!«

Justus spürte, dass sie auf der richtigen Spur waren. Wenn er sich nicht täuschte, ging es bei dem, was Mrs Riker beiläufig aufgelistet hatte, insgesamt um eine Menge Geld.

Peter dachte offenbar in dieselbe Richtung. »Wenn ich mir vorstelle, dass dieser Mr Styles das über zwanzig Jahre lang gemacht hat, läppert sich das doch sicher zusammen?«

»Das kann man wohl sagen. Die Polizei konnte Styles nie etwas nachweisen und er hat das Geld auch nie ausgegeben. Im Gegenteil, er lebte sehr einfach, fast spartanisch.«

»Gut, gut«, sagte der Zweite Detektiv hastig, »aber wissen Sie denn, um welche Summe es insgesamt geht?«

Mrs Riker nickte. »Man spricht von mehr als 100 000 Dollar.«

Oha! Weiter auf Seite 97.

Du bist von Seite 101 hierhergelangt.

Peter blieb hartnäckig. Sicher war es am besten, dem Zimmermädchen Janice genau zu erklären, warum sie diese Fragen stellten. So konnte er hoffentlich ihr Misstrauen zerstreuen und ihr klarmachen, dass die drei ??? nichts mit den Diebstählen zu tun hatten.

Während der Mann mit dem Schnurrbart wieder aus dem nahe gelegenen Zimmer kam und an der nächsten Tür klopfte, erklärte der Zweite Detektiv ihre Situation.

Er erzählte von dem Hotelgutschein, ohne allerdings die Diebstähle zu erwähnen. Stattdessen betonte er, dass ihnen selbst nicht klar sei, wie sie zu dieser Ehre gekommen waren – was ja teilweise der Wahrheit entsprach. Warum die geheimnisvolle Unbekannte ausgerechnet die drei ??? auf den Fall ansetzen wollte, wusste er tatsächlich nicht.

»Aber wir wollen uns auf jeden Fall bei ihr bedanken«, endete er. »Schließlich kommt man nicht alle Tage in so ein schönes Hotel. Es ist ja wirklich nobel hier und es gefällt uns sehr gut.«

»Zum Wohlfühlen!«, ergänzte Bob nicht minder schmeichlerisch.

Seine Worte schienen ihre Wirkung nicht zu verfehlen. Janice wirkte nicht mehr ganz so misstrauisch wie zuvor. »Wenn das so ist«, sagte sie und klang dabei erleichtert. Mit einer hastigen Bewegung fuhr sie sich durch die raspelkurzen Haare. »Ihr habt übrigens recht mit eurer Vermutung. Ich weiß tatsächlich viel über dieses Hotel und kenne so gut wie jeden, der hier wohnt.«

»Alle Hotelgäste?«, wunderte sich Bob.

»Das natürlich nicht! Aber in den oberen Stockwerken liegen einige dauerhaft vermietete Wohnungen, wusstet ihr das nicht? Das meinte ich damit – die Dauermieter kenne ich alle persönlich. Schließlich gehe ich schon seit ein paar Jahren fast jeden Tag überall ein und aus und teilweise reinige ich auch ihre Wohnungen. Aber das interessiert euch bestimmt nicht. Also zurück zu eurer Frage! Ich kenne diese Art von Gutscheinen, wie ihr ihn mir gezeigt habt. Nur Mrs Riker benutzt sie.«

»Mrs Riker«, wiederholte Peter. Der Name sagte ihm gar nichts, aber woher hätte er ihn auch kennen sollen?

»Sie ist die Leiterin der Buchhaltungsabteilung und lässt nur wirklich wichtigen Gästen einen solchen Gutschein zukommen. Darauf könnt ihr euch so einiges einbilden. Ich dachte schon, ihr hättet ihn …« Janice unterbrach sich.

Peter ahnte, was sie sagen wollte, aber Justus war wieder mal schneller. »Wir hätte ihn gestohlen?«, fragte der Anführer der drei ??? gedehnt.

Janice winkte ab und wich seinem Blick aus. Es war ihr offenbar peinlich. »Ach was. Ich bin ja froh, dass ich euch helfen konnte. Entschuldigt, dass ich nicht gleich auf eure Bitte reagiert habe. Nun wollt ihr bestimmt wissen, wie ihr zu Mrs Riker kommt. Ich erkläre euch den Weg zu ihrem Büro …«

Weiter auf Seite 27.

Du bist von Seite 41 hierhergelangt.

Bob schlich über den Flur auf Zimmer 1205 zu, in dem sich hoffentlich ihr Gegner Mr Krolop aufhielt. Im Flur war es völlig still. Der angenehm weiche Teppich dämpfte seine Schritte.

Etwas roch seltsam. In einer breiten Stützsäule am Rand des Korridors, die an einer Seite in die Mauer überging, war ein Teil der Wandung geöffnet worden, groß genug, dass ein Mensch hinduchpasste. Die Abdeckung lehnte vor dem breiten Loch. Von vorn sah sie aus wie ein Teil der Säule; wenn sie eingesetzt war, fiel sie bestimmt gar nicht auf. Ein großer Werkzeugkoffer stand daneben, neben einer seltsamen Vorrichtung, die Bob an einen überdimensionalen Staubsauger erinnerte. Die Öffnung war tatsächlich dazu gedacht, dass ein Mensch hineinsteigen konnte – ein röhrenförmiger Zugang, der in einen dunklen Schacht führte.

Ein Warnschild stand auf dem Boden: VORSICHT! NICHT BETRETEN! REINIGUNGSVORGANG! GEFAHR! Daneben war ein Mensch angedeutet, der in die Tiefe stürzte. Es sah so ähnlich aus wie ein Verkehrsschild.

Bob nahm das alles nur am Rande wahr und lauschte stattdessen an der Tür von Zimmer 1205. Schließlich musste er herausfinden, ob Krolop sich immer noch darin befand – oder ob er vorhin am Telefon sogar gelogen hatte. Falls er gerade irgendwelchen dunklen Geschäften nachgegangen war, als Mrs Riker ihn angerufen hatte, hätte er das ja kaum zugegeben.

Der dritte Detektiv warf einen Blick über die Schulter zurück. Hatte vielleicht Krolop diesen Zugang zum Säulenschacht geöffnet? Wenn ja, warum? Was konnte er damit bezwecken?

Aus dem Zimmer hörte Bob nichts. Allerdings müsste Krolop sich innen auch recht laut verhalten, dass man ihn durch die Tür draußen im Korridor noch hätte hören können.
Plötzlich ertönte deutlich das Geräusch, mit dem etwas auf Metall schlug, vielleicht ein Hammer.
Das klang gut.
Direkt danach waren Schrittgeräusche zu hören, die immer näher kamen.
Das klang schlecht!
Dem dritten Detektiv blieb fast das Herz stehen.
Krolop kam im Zimmer direkt auf den Ausgang und damit auch auf ihn zu! Krolop wollte das Zimmer verlassen!
Bob warf sich herum ... und dachte fieberhaft nach. Wenn er über den Korridor floh, war er vielleicht nicht schnell genug und Krolop würde ihn entdecken. Das durfte nicht passieren. Sein Blick saugte sich an der Einstiegsöffnung in die Röhre fest.
Sollte er es wagen? Er musste ja nicht weit in diese seltsame Öffnung hineinsteigen, konnte vorsichtig sein und musste nur dort ausharren, bis sein Gegner vorbeigelaufen war ...
Vor allem durfte er eins nicht: zögern!
Bob musste sofort handeln!

Soll er es wagen? Rein in den Schacht geht's auf Seite 79.
Die Flucht über den Flur gibt's auf Seite 112.

Du bist von Seite 61 hierhergelangt.

In der 17. Etage sah der Flur auf den ersten Blick aus wie in den anderen Stockwerken auch. Vom Aufzug weg bog er sich in beide Richtungen. Aber es gab dort weniger Türen, weil die Wohnungen größer waren als die einzelnen Zimmer.

Die drei ??? klingelten an der ersten Tür. Niemand öffnete. Ein paar Schritte weiter starteten sie einen zweiten Versuch, diesmal erfolgreich. Ein junger Mann öffnete ihnen. Er trug ein leichtes Hemd und perfekt sitzende Hosen aus schwarzem Stoff. »Was wollt ihr hier?«, fragte er entgeistert.

Justus nannte ihre Namen und sagte dann nach einem Blick auf das kleine Türschild über der Klingel: »Sie haben doch bestimmt schon von den Diebstählen hier im Hotel gehört, Mr Jameson.«

»Diebstähle? Nein.« Der Mann trat keinen Millimeter zur Seite. »Was hab ich damit zu tun?«, fragte er ruppig. »Was wollt ihr von mir?«

»Wir möchten Ihnen nur ein paar Fragen stellen. Wir sind offiziell damit beauftragt worden, uns um die Einbrüche zu kümmern.«

Jameson bat die Jungen geradezu widerstrebend in seine Wohnung. »Ich habe nicht viel Zeit«, stellte er klar.

Vom Wohnzimmer aus bot sich ein atemberaubender Blick über den Los Angeles River und die Stadt. Nicht minder atemberaubend war die Wohnung selbst. Mitten im Raum führte eine Wendeltreppe nach oben. Im Vorbeigehen warfen die drei Detektive einen Blick hinauf. Die Wohnung reichte sogar über drei Stockwerke. Jameson wies beiläufig auf die Couch. »Also, was wollt ihr wissen?«

Die drei ??? setzten sich. Von hier aus konnte man in einen

begehbaren Kleiderschrank schauen. In dieser Wohnung war wirklich an nichts gespart worden. Die Miete war garantiert alles andere als gering – jemand wie Mr Jameson hatte es bestimmt nicht nötig, simple Einbrüche zu begehen. Doch Justus vermutete ohnehin, dass es dem Dieb nicht um Wertsachen ging. Die Einbrüche ausgerechnet in die Verwaltungsbüros legten das nahe.
»Wir möchten Ihnen nur ein paar Routinefragen stellen«, erklärte Bob. »Haben Sie in den letzten drei Tagen irgendetwas Ungewöhnliches bemerkt? Einen besonderen Besucher? Jemand, der Ihnen verdächtig vorkam?«
Jameson seufzte. »Ihr stehlt mir also mit irgendwelchen Routinefragen meine wertvolle Zeit, weil ihr glaubt, ihr wärt …«, er deutete auf Justus, »… Sherlock Holmes …«, sein Finger wanderte weiter zu Peter, »… Doktor Watson und …«, nun wies er auf Bob, »… wer auch immer. Hört zu: Ich hab wirklich Besseres zu tun! Im ersten Moment wart ihr mir sympathisch, weil du Justus heißt, genau wie ich.«
»Justus Jameson«, sagte Peter. »JJ. Genau wie Justus Jonas.«
»Eben«, meinte ihr Gegenüber. »Aber um auf eure Fragen zu antworten: Nein, ich weiß nichts, nein, ich habe niemanden gesehen, und nein, ich kann euch keine Hinweise geben. Wer wird hier schon einbrechen? Irgendwelche Zimmermädchen und Raumpfleger! Die haben Schlüsselkarten, oder?«
»Das stimmt zwar, aber …«, setzte der Erste Detektiv an.
»Nichts aber!« Jameson ging zur Tür. »Wenn ich bitten darf?«
Das war deutlich. Die drei ??? verließen die Wohnung.

Weiter auf Seite 114.

Du bist von Seite 113 oder 135 hierhergelangt.

Justus und Peter fuhren nach unten. »Kollege«, meinte der Erste Detektiv, »nicht nur, dass wir Krolop schon wieder verloren haben, es wird verflixt schwer werden, ihn zu beobachten, ohne dass er uns bemerkt. Das hat der Zwischenfall mit Bob eben ja bewiesen.«
Peter nickte. »Vielleicht können wir Krolop irgendwie heimlich eine Wanze oder einen kleinen Peilsender zustecken.« Solche Geräte gehörten zu ihrer grundlegenden Detektivausrüstung, die sie natürlich ins Hotel mitgenommen hatten. Sie steckten in einem verborgenen Fach in Justus' Koffer.
»Gute Idee«, erwiderte der Anführer der drei ???. »Wenn ich auch nicht die geringste Ahnung habe, wie uns das gelingen soll. Viel leichter wäre es, eine Wanze in seinem Auto oder in seiner Wohnung anzubringen. Das fällt in diesem Fall ja alles weg.« So schön es in diesem Hotel auch war – es brachte einige Nachteile mit sich, dass ihnen kaum Bewegungsspielraum blieb.
»Noch eine Idee«, meinte Peter. »Was wissen wir eigentlich über Krolop? Kaum etwas, richtig«, gab er sich selbst die Antwort, noch ehe Justus etwas sagen konnte. »Vielleicht sollten wir da ansetzen und nachforschen.«
»Dann verlieren wir Krolop aber endgültig aus den Augen«, gab Justus zu bedenken.

Geh zu Seite 68, wenn sie sich aufs Beobachten beschränken sollen. Oder zu Seite 88, um mehr über Krolop zu erfahren.

»Bingo, Kollege – das ist es!«, sagte Justus zufrieden. »Genau das ist es, was Krolop will: diese 100 000 Dollar!«
»Das klingt ja gut«, warf Peter ein, »aber wieso sollte er dazu in die Büros einbrechen? Das ergibt doch keinen Sinn.« Darauf wusste auch Justus keine Antwort. Er war aber überzeugt davon, dass es eine logische Verbindung und eine Erklärung geben müsse.
Es klopfte und Bob kam herein. Offensichtlich war er wieder auf dem Damm. Die anderen informierten ihn rasch über ihre Vermutungen. »Sie wissen erstaunlich gut über diese Dinge Bescheid, Mrs Riker«, sagte Bob.
»Natürlich hatte ich damit zu tun – ich führe ja auch die Geschäftsbücher und habe dadurch einen Überblick über die Finanzen des Hotels. Die Akte Styles ist allerdings vor einem Jahr geschlossen worden. Der alte Mann starb, kurz bevor er ohnehin in Rente gehen wollte.«
»Wie ist er gestorben?«, fragte Justus.
»Eine Krankheit. War keine schöne Sache. Deshalb wurden die Ermittlungen gegen ihn letztlich auch eingestellt – er war tot, man konnte ihm nichts beweisen. Ende der Geschichte. Ich habe die Akte aber nie ganz weggelegt. Ich wollte immer noch einmal prüfen, ob sich noch etwas herausfinden lässt.«
Der Erste Detektiv schnippte mit den Fingern. »Da hast du's, Bob! Deshalb ist Krolop hier eingebrochen.« Justus deutete auf das Bild, hinter dem sich der Safe verbarg. »Ich wette, dass Sie die Akte genau dort aufbewahren, Mrs Riker, richtig?«
»Das stimmt«, sagte sie überrascht.
»Deshalb wollte Krolop den Safe aufbrechen! Er sucht diese Akte, weil er sich Hinweise auf den Verbleib des Geldes er-

Du bist von Seite 89 hierhergelangt.

hofft! Als er hier mit seiner Arbeit anfing, hörte er natürlich von der Geschichte. Das muss doch verlockend sein – sein Vorgänger hat mehr als 100 000 Dollar unterschlagen und das Geld nie ausgegeben.«

»Also, wenn ich mir die Mühe machen würde, ein Vermögen zu unterschlagen, würde ich es auch ausgeben«, sagte Bob.

»Ich kannte Mr Styles«, sagte ihre Auftraggeberin. »Er war ein seltsamer Kauz und dem Hotel eng verbunden. Er hat hier nicht nur gearbeitet, sondern auch gewohnt – anders als Mr Krolop jetzt. Versteht ihr, das war Mr Styles' Lebensmittelpunkt hier. Er hatte keine Familie, keine Freunde. Manchmal sagte er sogar, das Hotel wäre sein Freund.«

»Und trotzdem hat er dem Hotel eine Menge Geld gestohlen«, sagte Justus. »Interessant und seltsam, wenn ihr mich fragt.«

»Ich frag dich etwas ganz anderes.« Peter verschränkte die Arme vor der Brust. »Was fangen wir mit diesen Informationen jetzt an? Krolop sucht das Geld schon lange – er hat es nach fast einem Jahr immer noch nicht gefunden. Also muss es verflixt gut versteckt sein. Krolop konnte dank seines Jobs überall hin, an die unmöglichsten Orte im Haus. Er fällt nirgends auf. Wie sollen wir es innerhalb von ein paar Tagen …«

»Moment!«, unterbrach Justus. »Versetz dich doch mal in diesen Styles hinein, Kollege! Das Hotel war sein Ein und Alles, er kannte es genau. Es war für ihn wichtiger als alles andere! Und nun denk nach! Es gibt einen Ort, der sich geradezu perfekt als Versteck für eine Menge Geld eignet. Ein – wie soll ich sagen, ein poetischer Ort.«

Peter schaute ihn nur verwundert an. »Ich weiß nicht, worauf du …«, setzte Mrs Riker an, doch Bob ließ sie nicht ausreden.

»Das ist doch verrückt, Just!«
»Du weißt also, was ich meine?«
Der dritte Detektiv nickte. »Die Legende von der goldenen Zinne«, sagte er. Er wandte sich an Mrs Riker. »Erzählen Sie uns noch einmal alles, was Sie darüber wissen!«
»Da gibt es nicht viel zu sagen«, erklärte sie. »Es heißt, dass die Zinnen auf dem Dach nicht einfach nur alle vergoldet sind, sondern dass eine tatsächlich aus echtem Gold besteht. Natürlich ein Gerücht, so ein modernes Märchen, das …«
»Aber es ist auch«, unterbrach Justus, »der perfekte Ort, um 100 000 Dollar zu verstecken, wenn man dieses Gebäude so sehr liebt und die Legende sozusagen wahr machen will! Dort ist das Geld! Wir müssen aufs Dach!«
Mrs Riker dämpfte seine Begeisterung. »So einfach ist das nicht. Der Einzige, der einen Schlüssel für die Luke besitzt, die aufs Dach führt, ist …«
»Ich ahne es«, unterbrach Peter. »Mr Krolop, richtig?« Mrs Riker nickte. »Das macht nichts«, sagte der Zweite Detektiv. »Ich schaffe das bestimmt mit meinem Dietrich.«
Doch da musste ihre Auftraggeberin die drei ??? enttäuschen. »Es ist ein Hochsicherheitsschloss, weil der Aufenthalt auf dem Dach so gefährlich ist. Da hilft kein Dietrich. Aber … Moment … es gibt noch den Hoteldirektor. Der hat natürlich auch einen Schlüssel, aber er ist jetzt am Wochenende nicht in der Stadt. Er kommt erst am Montag zurück.«

Sollen sie auf den Direktor warten? Geh zu Seite 44.
Oder versuchen, irgendwie an Krolops Schlüssel zu kommen? Geh zu Seite 124.

Du bist von Seite 20 hierhergelangt.

»Entschuldigen Sie«, sagte Peter. Die Hausdame lächelte ihn an. Sie hielt einen Kugelschreiber in der Hand, mit dem sie auf einer Zimmerliste Notizen gemacht hatte. »Ja?«
»Wir benötigen Ihre Hilfe, Mrs …«
»Ich bin Janice.«
»Danke, Janice. Wir wissen nicht, wer einen Gutschein …«
»Oh, ich fürchte, da bin ich nicht die richtige Ansprechpartnerin«, unterbrach sie den Zweiten Detektiv. Sie trug die schwarzen Haare als raspelkurzen Bürstenschnitt. »Ich bin nur für die Reinigung der Zimmer zuständig.«
»Sie kennen sich im Hotel aber doch bestimmt gut aus«, schmeichelte Peter.
»Schon.«
»Dann sind Sie ganz bestimmt die Richtige«, mischte sich der Erste Detektiv in das Gespräch ein. Danach überließ er das Feld wieder Peter. »Wir sind hierher ins Hotel eingeladen worden«, erklärte dieser. »Mit einem Gutschein. Aber wir wissen nicht, von wem.«
»Ich auch nicht«, meinte Janice. »Woher sollte ich auch …«
»Wir hoffen«, unterbrach Peter, »dass Sie die Art des Gutscheins vielleicht erkennen.«
Justus zog ihn aus der Hosentasche. Beiläufig bekam Peter mit, wie zwei andere Hotelgäste aus dem Fahrstuhl stiegen und an ihnen vorbeiliefen. Außerdem kam ein untersetzter Mann mit einem grauen Schnurrbart und der blauen Uniform der Hotelangestellten näher und klopfte an eine Tür. »Zimmerservice«, sagte er, und als ihm niemand antwortete, öffnete er die Tür mit einer Schlüsselkarte.
Janice nahm den Gutschein an sich und schaute darauf.

»Hm«, machte sie, sagte aber sonst nichts dazu und reichte den Gutschein an Justus zurück. Sie legte die Hände auf den Griff des Schubwagens, als müsste sie sich darauf abstützen. Alle schwiegen, was Peter peinlich war. Noch während er nach den richtigen Worten suchte, damit sich Janice nicht belästigt fühlte, reagierte Justus. Ihm ging es offenbar auch nicht besser. Peter kam es so vor, als wollte der Erste Detektiv irgendetwas sagen, um das Gespräch am Laufen zu halten.
»Sie kennen doch bestimmt den Mann, der eben in das Zimmer gegangen ist? Den mit dem Schnurrbart?«
Janice nahm wieder den Kugelschreiber und spielte damit herum. »Das ist einer meiner Kollegen.«
»Können Sie mir sagen, wie er heißt?«
»Warum willst du das wissen?« Die Frage klang misstrauisch. Das Gespräch entwickelte sich gar nicht so, wie sich Peter das vorgestellt hatte. Janice schaute auf ein Handy, das in einer Tasche am Griff des Schubwagens steckte. »Ihr habt ja ganz schön viele und … seltsame Fragen.«
Plötzlich wusste Peter, was in der jungen Frau vorging. Natürlich wusste auch sie von den Diebstählen im Hotel – und es sah ganz so aus, als wäre sie misstrauisch genug, um die drei ??? zu verdächtigen! Für sie musste es so aussehen, als würden die Jungen im Hotel herumschnüffeln, um Dinge in Erfahrung zu bringen, die sie gar nichts angingen! Er überlegte fieberhaft, wie er diesen Verdacht zerstreuen konnte.

Was soll Peter tun? Abwiegeln und den taktischen Rückzug antreten? Dann geht's auf Seite 66 weiter.
Oder hartnäckig bleiben? Dann zu Seite 90.

Du bist von Seite 114 hierhergelangt.

Peter atmete tief durch. Er musste einen kühlen Kopf bewahren. Er wurde schließlich nicht zum ersten Mal angegriffen!
»Na los, rein in den Aufzug«, befahl der Fremde – ein Mann, so viel konnte der Zweite Detektiv immerhin hören, auch wenn der Angreifer wohl die Stimme verstellte.
Peter sah nichts mehr. Der raue Stoff des Sacks über seinem Kopf ließ nur einen schwachen Lichtschein durch. Und der Sack roch ekelhaft muffig. Ein Band schnürte Peter den Hals ein, aber nicht so fest, dass er keine Luft mehr bekam.
Er täuschte vor, in Ohnmacht zu fallen, sackte in sich zusammen, ließ sich fallen und hing im Griff seines Entführers. Der Mann fluchte und seine Umklammerung lockerte sich.
Gleichzeitig hörte Peter gedämpft das Geräusch, mit dem sich die Fahrstuhltür langsam schloss.
Es wurde höchste Zeit! Genau *jetzt* war die Gelegenheit zur Flucht. Peter trat dem Entführer rückwärts mit Wucht gegen das Bein. Der schrie auf. Peter konnte den Griff sprengen, landete auf allen vieren und kroch vorwärts – raus aus dem Aufzug. Er versuchte sich den Sack vom Kopf zu ziehen.
»Bleib hier!«, herrschte der andere ihn an.
Etwas stieß an seine Seite. Die Aufzugstür, die sich hatte schließen wollen, fuhr wieder zurück. Sein Gegner zerrte ihn zurück. »Hör auf! Und keinen Laut oder es wird ernst!«
Peter lief es eiskalt über den Rücken.

Und jetzt? Trotzdem einen Fluchtversuch wagen? Weiter auf Seite 37.
Oder weniger Risiko eingehen und sich fügen? Geh zu Seite 10.

»Was sollt ihr schon tun?«, fragte Mrs Riker. »Wir rufen sofort die Polizei an! Inspektor Barrany kümmert sich darum.«
»Noch nicht«, sagte Justus. »Es fehlen echte Beweise.«
»Besser, wir suchen ihn und beschuldigen ihn ganz direkt«, ergänzte Peter. »Das hat schon bei Mr Carter, dem Schwimmbad- und Zimmerdieb, gut funktioniert.«
Bob grinste breit. »Außerdem wird Mr Krolop ohnehin Augen machen, dass wir nicht mehr unten gefangen sitzen, falls er wirklich der Dieb ist.«
»Ich hege den starken Verdacht, dass es sich so verhält«, sagte Justus auf seine typisch geschraubte Art. »Zunächst aber müssen wir ihn finden. Mrs Riker, könnten Sie …«
»Klar!« Sie nickte eifrig und sah ganz so aus, als hätte sie Gefallen an der Detektivarbeit gefunden. »Ich rufe ihn an.«
»Benutzen Sie irgendeine Ausrede«, bat Bob. »Erwähnen Sie vor allem uns nicht.«
Sie nickte, während sie wählte. Kurz darauf sagte sie: »Mr Krolop, haben Sie einen Moment Zeit? … Okay … Ich brauche Ihre Hilfe … Ja … Wo sind Sie jetzt? … Nein, sofort! … Das geht nicht? … Okay, prima, das passt. Bis später!« Sie legte auf und atmete tief durch. »Er ist im zwölften Stock. Dort ist in Zimmer 1205 die Klimaanlage defekt. Er hat das System gerade geöffnet und kann nicht weg.«
»Danke!« Justus ging zur Tür.
»Eins noch«, meinte Peter. – »Ja?« – »Das haben Sie prima gemacht! Die drei ??? sind stolz auf Sie!« Mrs Riker lächelte.

Auf Seite 73 treffen die drei ??? auf Mr Krolop.

Du bist von Seite 15 hierhergelangt.

Du bist von Seite 25 hierhergelangt.

Die Schritte kamen näher, aber noch war niemand zu sehen.

»Es wäre super«, meinte Peter, »wenn du noch kurz mit uns reden würdest. Vielleicht vorn bei den Aufzügen?«

»Klar«, meinte Flo. »Geht ruhig, ehe sie euch sehen. Ich komm gleich nach. Die Polizisten reden bestimmt eh nur mit meinen Eltern.«

Der Zweite Detektiv grinste. »Bis gleich.« Die drei ??? schlenderten zu den Aufzügen, während Flo mit allen ins Zimmer ging.

»Gut gemacht«, lobte Justus seinen Kollegen. »Wenn wir Glück haben, kann uns der Junge wirklich weiterhelfen.«

»Ich weiß nicht«, meinte Bob skeptisch. »Da hat eben jemand die Minibar aufgefüllt. Und? Das heißt noch lange nicht, dass er auch der Dieb ist.«

»Aber wir müssen jeder Spur nachgehen!«, betonte Peter.

Kaum hatten sie die Aufzüge erreicht, rannte Flo gut gelaunt zu ihnen. »Das hat keiner gemerkt, dass ich rausgegangen bin.«

»Typisch«, kommentierte der dritte Detektiv. »Auf Kinder achten die meisten nicht. Also, beschreib uns den Mann, den du gesehen hast.«

»Glaubt ihr wirklich, dass der uns etwas gestohlen hat?«

»Das wissen wir nicht«, sagte Justus. »Aber es kommt in allen Hotels vor, dass Angestellte sich als Diebe betätigen – die Verlockung ist zu groß. Sogar in einem guten Hotel wie diesem kann man nicht für jeden Angestellten die Hand ins Feuer legen. Bei einem modernen Haus wie dem Derlin-Hotel haben es solche schwarzen Schafe aber eigentlich schwerer als woanders. Über die Zimmerkarten kann man zurückverfolgen, mit wessen Karte die Tür geöffnet wurde.«

»Was du alles weißt«, staunte Flo.
»Ich lese viel«, sagte Justus todernst. »Und ein Detektiv muss eben stets auf dem Laufenden sein.«
»Wenn man das über die Karte feststellen kann«, meinte Flo, »wäre ein Angestellter doch richtig blöd, so eine Spur zu hinterlassen.«
»Wir werden ihn fragen«, betonte Justus. »Aber glaub mir, es gibt nichts, was es nicht gibt. Jetzt beschreib ihn erst mal.«
»Das war ein dicker Mann in Hoteluniform und mit so einer Brille ohne Rahmen, einem Schnurrbart und grauen Haaren.«
Schritte wurden laut. Jemand näherte sich. »Warte kurz«, sagte Justus. Es war besser, wenn niemand mithörte. Als Sekunden später jemand an ihm vorbeiging, zwei Meter weiter stehen blieb und den Aufzug rief, verschlug es ihm den Atem!
Ein untersetzter Grauhaariger, der eine randlose Brille und einen Schnurrbart trug …
Flos Beschreibung passte wie die Faust aufs Auge! Justus konnte einen Blick auf das Namensschild des Mannes erhaschen. STEPHEN CARTER stand darauf.
Flo schnappte nach Luft. Peter legte ihm beruhigend die Hand auf die Schulter. »Das ist er!«, flüsterte Flo überflüssigerweise.

Weiter auf Seite 120.

Du bist von Seite 85 hierhergelangt.

»Aus dem Fenster?«, fragte Justus. »Bist du verrückt?«
»Wir können auch hierbleiben und uns hinterher schwarzärgern, dass Krolop mit den 100 000 Dollar verschwunden ist. Such's dir aus!« Peter riss das Fenster auf. Für ihn war die Entscheidung gefallen.
Die Dachterrasse lag zwei Stockwerke tiefer, und selbst wenn sie bei der waghalsigen Kletterpartie abrutschten, konnten sie nur bis dorthin stürzen.
Ein eigenartiges gemauertes Gestänge reichte von der Terrasse aus in die Höhe und war dicht unter dem Fenster in der Außenwand verankert. Vereinzelt glänzten auch dort schon goldfarbene Verzierungen, was Peter nur umso mehr darin bestärkte, den Abstieg zu wagen. Er wollte Krolop die goldene Zinne und ihren erhofften Inhalt nicht überlassen!
Er atmete tief durch und stieg auf das schmale Fensterbrett. Auf einmal hatte er Angst vor der eigenen Courage, aber umkehren wollte er nicht.
Peter stieg auf das schmale Sims vor dem Fenster. Ich bin eigentlich gar nicht zwanzig Stockwerke hoch, sagte er sich immer wieder. Die Terrasse liegt ja gerade mal zwei Stockwerke tiefer.
Vom Sims ging es auf eines der gemauerten Gestängeteile, die wie Spinnenbeine vom Hotel weg und zur Terrasse ragten. Von unten hatte das ja toll ausgesehen, aber …
Peter schwankte, setzte sich und klammerte sich mit beiden Händen fest. Ihm wurde schwindlig und sein Magen drehte sich um. Wenn er nach unten schaute, konnte er eben doch sehr, sehr weit in die Tiefe sehen … Vorsichtig, mit rasend klopfendem Herzen, schob er sich Zentimeter für Zentimeter

weiter und ließ sich schließlich hinunter. Er umklammerte die Seite des Gestänges. Seine Füße baumelten höchstens noch zwei Meter über der Terrasse. »Machbar«, flüsterte er sich selbst Mut zu – und ließ los.

Er landete perfekt, ging in die Knie, um den Sturz abzufedern, und kam auf beiden Füßen zu stehen. »Los!«, rief er nach oben. »Ich hab's geschafft und kann euch helfen!«

Als Nächster landete Bob und auch Justus brachte die kurze Kletterpartie hinter sich. Seine beiden Freunde fingen ihn gemeinsam auf.

»Weiter«, sagte Peter. Sie standen zwar auf der Terrasse, aber damit war noch nichts gewonnen. Sie mussten zurück ins Haus! Sie schauten durch eine Menge Fenster, hinein in die Wohnung – und erkannten sie als die von Justus Jameson.

Sie klopften gegen die Scheiben. Nichts. Sie schrien. Keine Antwort.

Justus dachte fieberhaft nach. *Daran* durfte es doch nicht scheitern! Jameson hörte sie nicht oder war nicht mehr zu Hause? Das durfte einfach nicht wahr sein!

Peter rannte weg und kam nur Sekunden später mit einem mit Erde gefüllten Blumentopf zurück, der so schwer war, dass es einige Mühe kostete, ihn hochzuheben.

»Was willst du damit?«, fragte Bob verständnislos.

»Na, was schon?«, fragte Peter. »Die Scheibe einwerfen!«

»Was? Hier? In der Luxuswohnung von diesem Jameson, der sowieso nicht gut auf uns zu sprechen ist?«

Auf Seite 16 suchen die drei ??? nach einer anderen Lösung.

Rohe Gewalt? Seite 26.

Du bist von Seite 47 hierhergelangt.

Justus ging aufs Ganze. Er drückte die Kurzwahltaste, die ihn mit Peters Handy verband …

… und es klingelte, hier in der Tiefgarage!

Ihr Gegner befand sich tatsächlich ganz in der Nähe.

Der Klingelton brach sich an den Betonwänden und hallte durch den großen unterirdischen Raum, sodass es ihnen schwerfiel, das Handy zu orten.

Bob entdeckte die Gestalt, die sich in der dunklen Ecke neben dem Parkscheinautomaten verbarg, als Erster. Peters Klingelton kam von dort. »Los, Justus!«, rief der dritte Detektiv und rannte los.

Der andere griff sie nicht etwa an, sondern ergriff die Flucht. Er wandte sich ab, schützte das Gesicht mit den Händen. Er trug dunkle Handschuhe und einen langen Mantel, außerdem eine Mütze, die er tief in die Stirn gezogen hatte und die seine Frisur völlig verbarg. Es war unmöglich, ihn zu erkennen.

»Bleiben Sie stehen!«, rief Justus schwer atmend, ohne Hoffnung, dass Peters Entführer das tatsächlich tun würde. Längst rannte auch er dem Flüchtenden hinterher.

»Hallo! Hier bin ich!«, hörten sie im selben Moment Peters dumpfe Stimme. Er musste ganz in der Nähe sein, irgendwo in der Tiefgarage, womöglich in einem Auto eingesperrt. Justus stockte. Vielleicht brauchte der Zweite Detektiv Hilfe. »Ich kümmre mich um Peter«, rief er Bob hinterher, der hinter ihrem Gegner her die Ausfahrtsrampe hochrannte und aus Justus' Blickfeld verschwand.

»Wo bist du?«, rief der Anführer der drei ???.

»Hier!«, tönte es, gleichzeitig mit einem Hämmern. Es kam

von dem Rolltor direkt neben dem Eingang in die Tiefgarage!
Justus ging dorthin. »Ich hol dich raus«, versprach er.
»Mann, bin ich erleichtert«, tönte es von jenseits des Rolltors. »Es ist verdammt kalt hier!«
Der Erste Detektiv zog am Griff des Rolltors, doch es ließ sich nicht bewegen. »Abgeschlossen«, sagte er. »Ich hole Hilfe! Keine Sorge.«
Justus eilte zur Rezeption und erklärte, was seinem Freund passiert war. Noch immer hatte Mr Allamore Dienst – kaum zu glauben, dass es gerade erst kurz nach zwölf Uhr am Vormittag war. Mr Allamore bekam große Augen, versprach aber, sich sofort um alles zu kümmern.
Justus ging zurück in die Tiefgarage, um seinem Freund Beistand zu leisten. Kaum dort angekommen, rannte Bob über die Einfahrtsrampe nach unten und kam auf ihn zu. »Er ist mir entwischt, aber ich habe sein Gesicht gesehen.«
»Wer ist es?«, fragte der Erste Detektiv – und staunte nicht schlecht, als er den Namen zu hören bekam.

Aber der Verbrecher verschwand nach diesen Ereignissen auf Nimmerwiedersehen, weil man ihn erkannt hatte und ihm der Boden zu heiß geworden war. Die drei ??? erfuhren nie, warum er in die Büros des Hotels eingebrochen hatte. Dieses Rätsel blieb für immer ungelöst ...

Du bist von Seite 129 hierhergelangt.

Peter fühlte sich, als würde er blitzartig zu Eis erstarren. Das war nicht einfach nur eine Tür – das war der Eingang in eine Umkleidekabine! Wie hatte er nur so blöd sein können?

Die dicke Frau, die eben noch nackt vor ihm gestanden hatte, riss sich den Bademantel vor den Körper. »Raus mit dir! Du impertinentes Ferkel! Schaff dich raus hier!«

Trotz der sterbenspeinlichen Situation fiel Peter die bizarre Bezeichnung auf, die sie benutzte. »Impertinentes Ferkel«? So etwas hatte er ja noch nie gehört. Er wankte einen Schritt zurück, hatte längst die Augen geschlossen und rumste deshalb gegen die Seite der Tür, als er herumwirbelte.

Er wankte aus der Kabine. Er war ja schon einige Male ins Fettnäpfchen getreten, aber das übertraf so ziemlich alles.

Die Tür der Kabine knallte zu.

»Hilfe!«, rief die Frau. »Jemand muss diesen Burschen festhalten! Ein Sittenstrolch!«

Peter war knallrot und wollte im Boden versinken.

Ein breitschultriger Mann in Anzug und Krawatte stand plötzlich neben ihm. »Ich kümmere mich darum!«, rief der Fremde in Richtung der Kabine.

Peter blieb der Mund offen stehen. »Es … es war keine Absicht!«, versicherte der Zweite Detektiv.

»Das sagen sie alle.« Der Anzugträger hob die Hand und fuchtelte so mit dem Zeigefinger, dass der sich fast in Peters Auge bohrte. »Du kommst jetzt mit mir!«

Das sieht gar nicht gut aus. Lies weiter auf Seite 18.

In der 17. Etage klingelten die drei ??? an der ersten Wohnungstür, doch niemand rührte sich. Erst beim zweiten Versuch öffnete ihnen ein junger Mann mit dunklen Ringen unter den Augen. Dem kleinen Türschild nach trug er den Namen Jameson und er sah entsetzlich müde aus.
Justus stellte sich und seine Kollegen vor und wollte eine kleine, oft geübte und nützliche Notlüge vorbringen. »Entschuldigen Sie die Störung, aber …«
»Es bleibt abzuwarten, ob ich das entschuldige«, sagte Jameson.
Der Erste Detektiv räusperte sich. »Wir möchten Sie bitten, uns einige Fragen zu beantworten. Wir müssen für die Schule ein Referat über das Leben in einem Hotel schreiben. Weil Sie ja dauerhaft hier eingemietet sind, wäre es nett vo…«
»Das gibt's nicht«, unterbrach Mr Jameson, der wie ein Fels in der Brandung mitten im Türrahmen stand. »Deshalb klingelt ihr hier? Wie seid ihr überhaupt hier raufgekommen?«
»Wir haben eine … äh, eine Sondergenehmigung«, erklärte Peter eingeschüchtert.
»Dann nehmt eure Sondergenehmigung und verschwindet! Ich will wegen solcher Kinkerlitzchen nicht gestört werden, klar? Schlimm genug, dass so was überhaupt passiert! Das ist ja nicht zu glauben.« Ohne ein weiteres Wort schlug er die Tür zu.
Die drei ??? wechselten rasche Blicke. Das war ja nicht gerade sonderlich erfolgreich gewesen …

Weiter auf Seite 114.

Du bist von Seite 61 hierhergelangt.

Du bist von Seite 93 hierhergelangt.

Bob warf sich herum. Die verrückte Idee, in den Küchenabzugsschacht zu steigen, verwarf er sofort wieder. Stattdessen rannte er los, so schnell er konnte, und hoffte, dass Krolop ihn nicht entdeckte. Atemlos hetzte der dritte Detektiv der Korridorbiegung entgegen, hinter der er erst einmal in Sicherheit sein würde. Er stoppte abrupt, warf einen Blick über die Schulter … und sah niemanden.

Durch die hastige Bewegung knickte er um. Ein scharfer Schmerz zuckte durch seinen Fuß, aber er hastete weiter und versuchte, mit dem verletzten Fuß vorsichtig aufzutreten. Erleichtert, dass Krolop ihn offenbar nicht bemerkt hatte, bog er ab. Er eilte, so schnell es ging, weiter, an den Aufzügen vorbei, in Richtung der Zimmer, die auf der anderen Seite lagen.

Dorthin würde Krolop sicher nicht gehen. Viel wahrscheinlicher war, dass er den Aufzug benutzte.

Schwer atmend blieb Bob stehen. Die Aufregung hatte ihm einen Adrenalinstoß versetzt. Er tastete nach seinem Fuß. Immerhin schwoll er nicht an.

Nun stand er so, dass er an einer großen Farnpflanze vorbei vorsichtig um die Ecke linsen konnte. So kamen die Aufzüge genau in sein Sichtfeld. Die Spitze eines Blatts kitzelte ihn in der Nase. Er verkniff sich ein Niesen. Das fehlte gerade noch! Krolop kam näher. Er verhielt sich völlig natürlich, sah gar nicht aus, als hätte er Bob noch bemerkt. Aber er stoppte nicht, sondern ging weiter. Zu weit! An den Aufzügen vorbei. Bob versteinerte förmlich in seinem behelfsmäßigen Versteck. Täuschte sein Gegner ihn? Hatte Krolop ihn doch gesehen und wusste deshalb, dass die drei ??? aus dem Kühlraum ausgebrochen waren? Was, wenn …

Krolop stockte, schüttelte sichtlich in Gedanken den Kopf und drehte sich um. Er ging zurück zu den Aufzügen, drückte den Rufknopf und betrat Sekunden später die Kabine.
Bob atmete erleichtert aus und ging humpelnd zu seinen Freunden ins Zimmer. Viel zu spät fiel ihm ein, dass er sich die Etage hätte merken müssen, in die Krolop gefahren war! Wie hatte er nur so dumm sein können? Er ärgerte sich über sich selbst, schob seinen Fehler aber auf seinen Fuß, der verflixt wehtat.
»Das war knapp«, begrüßte er Justus und Peter und gab einen kurzen Bericht. Seine Kollegen beschlossen, nach Möglichkeit an Krolop dranzubleiben und ihn weiter zu beobachten, während Bob seinem Fuß wenigstens ein paar Minuten Ruhe gönnen wollte. Als Treffpunkt vereinbarten sie Mrs Rikers Büro. Seit ihrer Enführung konnten sie ohne ihre Handys nicht mehr so leicht wie sonst in Verbindung bleiben.
Bob blieb im Zimmer zurück, setzte sich auf die Couch und legte das Bein hoch. Seine Gedanken wanderten zurück zu dem offen stehenden Küchenschacht. Gut, dass er dort nicht sein Glück versucht hatte. Er hatte einmal einen Bericht über solche Abzugsschächte gesehen und wusste deshalb, dass sie hin und wieder gereinigt werden mussten, weil sich kiloweise das Fett an den Wänden absetzte, während die Luft über den Herden und Öfen abgesaugt wurde. Keine angenehme Vorstellung, sich in so einen Schachtzugang zu verkriechen.
Aber diese Gedanken waren müßig. Was Justus und Peter wohl gerade erlebten?

Das erfährst du auf Seite 96.

Du bist von Seite 95 oder 111 hierhergelangt.

Die drei ??? versuchten ihr Glück noch bei den anderen Wohnungen, doch entweder öffnete niemand oder die Gespräche blieben ebenso unergiebig wie im Fall von Mr Jameson. Allerdings hatten sie auch nicht hoffen können, so rasch einen Zufallstreffer zu landen und eine gute Spur zu finden. Sie hatten ihr Glück offenbar schon durch die rasche Entlarvung von Mr Carter überstrapaziert.

»Und jetzt?«, fragte Bob.

»Ein Vorschlag zur Güte«, meinte Peter. »Wir trennen uns.«

»Und wieso?«

Der Zweite Detektiv grinste. »Ich muss aufs Klo und geh deshalb erst mal auf unser Zimmer. Ihr geht zu Mrs Riker, um den Dienstplan der letzten Tage zu erhalten. Den müsste sie ja jetzt fertig haben. Schließlich müssen wir wissen, wer in den letzten Tagen nachts im Hotel gewesen ist. Wir treffen uns in ihrem Büro.«

Also fuhren sie nach unten. Peter stieg zuerst aus, seine Freunde blieben im Aufzug. Im Zimmer suchte Peter die Toilette auf, ging danach zurück zum Lift und drückte den Rufknopf. Die Kabine kam. Der Zweite Detektiv wollte gerade eintreten, als ihn jemand von hinten packte.

»Kein Wort!«, herrschte ihn eine dumpfe Stimme an und ein Sack stülpte sich über seinen Kopf. Jemand stieß ihn in den Aufzug. »Hörst du? Kein Wort oder es passiert was!«

Peter erstarrte vor Schreck.

Weiter auf Seite 102, wenn Peter sich wehren soll.
Oder soll er sich dem Befehl fügen, keinen Widerstand zu leisten? Dann geht's erst mal mit Justus und Bob weiter auf Seite 136!

Das Mädchen mit der roten Lockenmähne platschte ins Wasser. Es kreischte dabei mit einer Mischung aus Schreck und Vergnügen, wie nur Kinder sie kennen. Das Wasser schwappte hoch, eine Fontäne schoss über den Rand des Schwimmbeckens und durchnässte die untere Hälfte von Justus' Bademantel.

»Was machst du mit meiner Tochter?«, herrschte dieselbe Stimme den Ersten Detektiv an, die ihn eben schon so hatte zusammenzucken lassen. Sie gehörte einem nicht gerade freundlich aussehenden Mann mit einer dicken Nickelbrille. »Wolltest du dich auch an ihrem Spind vergreifen, ja?«

»Sie … Sie irren sich, Sir«, versicherte Justus. »Ich habe …«

»Ich will mit deinen Eltern sprechen, sofort!«

»Die sind nicht hier«, sagte der Anführer der drei ???. Eigentlich waren sie schon lange tot, weshalb Justus bei seiner Tante Mathilda und seinem Onkel Titus lebte, aber das brauchte der Fremde nicht zu wissen. »Das ist ein Missv…«

»Das passt ja wie die Faust aufs Auge, Bursche! Bist allein hier, klaust Sachen und willst auch noch …«

»Aber nein!«, unterbrach Justus, doch es war längst zu spät. Der Vater der Kinder war offenbar fest davon überzeugt, den Übeltäter ausfindig gemacht zu haben. Lautstark rief er nach dem Sicherheitspersonal des Hotels. Das war ja alles andere als prima gelaufen. Wären sie doch bloß im Zimmer geblieben und früh ins Bett gegangen! Übermüdet zu ermitteln brachte eben doch nichts. Ein Detektiv brauchte einen klaren Kopf. Seufzend ergab sich Justus in sein Schicksal.

Gar nicht gut. Geh zur Seite 18 …

Du bist von Seite 87 hierhergelangt.

Du bist von Seite 31 hierhergelangt.

Peter warf einen wehmütigen Blick auf die Couch und den breiten Fernseher. »Du hast ja recht, Just. Also auf ins Schwimmbad!«
Die drei Freunde holten ihre Badehosen aus den Koffern. In der Mappe mit den Informationen über das Hotel erfuhren sie, dass sich Schwimmbad und Sauna nicht im eigentlichen Hotel, sondern in einem Nachbargebäude befanden. Man kam über einen unterirdischen Korridor dorthin, sodass man nicht ins Freie musste. Schon bei der Anfahrt war den drei Detektiven der einstöckige Pavillon aufgefallen. Das Hotel selbst war ein über zwanzigstöckiger Turm aus rotem Backstein, mit goldenen Zinnen und Fassaden-Verzierungen in den oberen Stockwerken.
Bob entdeckte im Schrank ordentlich zusammengelegte Bademäntel. »Sollen wir?«, fragte er.
Peter verdrehte die Augen. »Das ist ein bisschen arg uncool, oder?«
»Ganz im Gegenteil«, widersprach Justus. »Es ist … angemessen. Wir sind nun mal in einem besseren Hotel. Da ist es nicht affektiert, in Bademänteln zum Spa-Bereich zu gehen.«
»Affektiert«, wiederholte der Zweite Detektiv. »So ein Wort kannst auch nur du verwenden.«
»Es passt eben. Etwas übertrieben und geziert – so wäre es im öffentlichen Strandbad von Rocky Beach, aber nicht hier.«
Die drei ??? kamen sich trotzdem alle ein wenig albern vor, als sie ihre Badehosen anzogen, in die flauschigen weißen Bademäntel schlüpften, das Zimmer verließen und mit dem Aufzug ins Untergeschoss fuhren.
Unten folgten sie einem Schild, das den Weg zum Wellness-

Bereich wies. »Das ist der schönste unterirdische Gang, den ich je gesehen habe«, meinte Peter. »So ganz ohne Dreck und Spinnen, die einem über die Füße krabbeln oder auf den Kopf fallen.«
»Es ist ja auch eher ein Korridor«, sagte Justus. »Er könnte genauso gut oberirdisch liegen.«
Sie kamen an eine Abzweigung. Rechts wies ein Pfeil zur Parkebene, links zum Nebengebäude. Eine Tür öffnete sich mit einem Knacken automatisch, als sie sich näherten. Peter erschrak, was ihm eine spöttische Bemerkung seiner Freunde einbrachte. »Ich bin eben müde«, verteidigte er sich.
Oben im Pavillon angekommen, gingen die drei ??? zu den Umkleidekabinen. Daneben standen Spinde. Aus den Duschen, die direkt um die Ecke lagen, plätscherte es; vom Schwimmbad her drang der Lärm tobender Kinder. Auf dem Boden breiteten sich Wasserpfützen aus. In einem Wandregal stapelten sich Handtücher und weitere Bademäntel. Daneben stand ein kleiner Tresen, der allerdings nicht besetzt war. Eine Schale mit Äpfeln lachte Justus an; er nahm einen und biss hinein. »Saftig«, kommentierte er.
»Kann man die einfach …«, begann Bob, wurde aber von Peter unterbrochen: »Klar doch.«
Kauend ging Justus zur Reihe der Spinde. »Schätze, hieraus sind die Sachen gestohlen worden. Schauen wir uns das doch mal genauer an.«

Was die drei ??? entdecken, steht auf Seite 138.

Du bist von Seite 54 hierhergelangt.

Ein Mann trat ein. Er trug drei Stapelstühle – und stellte sie lautstark ab. »Was tut ihr denn hier?«, fragte er entrüstet.

»Wir suchen nach … also, nach Beweisen …«, stotterte Peter.

Da betrat auch Mrs Riker den Raum. Sie schnappte nach Luft. »Was macht ihr denn an meinem Schreibtisch?«

Der Mann packte Bob am Arm. »Das sind die Einbrecher, die seit Tagen von sich reden machen! Rufen Sie die Polizei!«

»Nein, nein, wir …«, begann Justus, aber ihre Auftraggeberin unterbrach ihn: »Sie können gehen, Mr Stark – die Jungs haben mit den Einbrüchen nichts zu tun und werden mir bestimmt auch nicht gefährlich.«

»Sind Sie sicher?«

»Absolut. Bitte, gehen Sie.«

Der Mann nickte, ließ Bob los und verließ das Büro. Kaum fiel die Tür ins Schloss, fragte Mrs Riker: »Was habt ihr euch dabei gedacht? Ihr könnt doch nicht einfach in meinem Büro herumschnüffeln!«

Die drei ??? schauten einander zerknirscht an. Was sie getan hatten, war ein Fehler gewesen. Ihrer Detektivehre widersprach es sowieso: Mrs Riker war nicht verdächtig, im Gegenteil, sie war ihre Auftraggeberin und es gab eigentlich keinen Grund, ihr Büro heimlich zu durchsuchen.

Sie entschuldigten sich, doch das half nichts mehr. Mrs Riker war maßlos enttäuscht. Und ohne ein echtes Vertrauensverhältnis kann kein Detektiv gute Arbeit leisten. So kam es, dass die drei ??? noch am selben Tag das Hotel verließen. Das war kein Ruhmesblatt ihrer Karriere …

Du bist von Seite 127 hierhergelangt.

Peter zwang sich selbst zur Ruhe. Es brachte nichts, nun die Nerven zu verlieren. Ihm drohte keine unmittelbare Gefahr. Nur wollte er trotz der warnenden Botschaft an ihn nicht tatenlos abwarten.
Es musste doch irgendetwas geben, das er tun konnte! Er dachte über die Stimme seines Entführers nach. Hatte er sie schon einmal gehört? Sie hatte so dumpf geklungen, als hätte er sich zusätzlich ein Tuch vor den Mund gehalten.
Sosehr Peter sich auch konzentrierte, er konnte sich nicht erinnern. Die drei ??? waren aber auch schon einigen Angestellten und Hotelgästen oder Wohnungsmietern über den Weg gelaufen. Aber hieß das nun, dass eine Frau als Täterin nicht infrage kam? Sein Entführer war zwar ein Mann gewesen, aber er konnte auch mit jemandem zusammenarbeiten oder nur für die Entführung engagiert worden sein.
Peters Gedanken drehten sich im Kreis. So kam er nicht weiter! Stattdessen dachte er über die Entführung selbst nach. Im Fahrstuhl hatte sich sein Gegner offenbar sicher gefühlt. Erst als sie ihn verlassen mussten, hatte er Peter den Sack vom Kopf gezogen. Was hatte das zu bedeuten?
Die eisige Kälte lenkte ihn immer wieder ab. Er ging im Raum auf und ab und schlenkerte dabei die Arme und Beine, um in Bewegung zu bleiben und nicht zu sehr auszukühlen.
Der Zweite Detektiv konnte nicht sagen, wie viel Zeit wohl vergangen war, als das Rolltor plötzlich zu rumpeln begann und langsam nach oben fuhr.

Weiter auf Seite 122.

Du bist von Seite 105 oder 123 hierhergelangt.

Peter warf seinen Kollegen einen raschen Blick zu. »Keiner sagt was? Okay – ich mach mich auf den Weg!«

Der Zweite Detektiv hatte die Anzeige des Aufzugs genau beobachtet: Mr Carter war ein Stockwerk über ihnen ausgestiegen. Peter rief den Fahrstuhl und fuhr mithilfe von Mrs Rikers neuer Karte nach oben. Die Aufzugstür öffnete sich; Peter musste sich nicht lange umschauen. Weiter hinten im Korridor stand tatsächlich ein Mann. Das musste Carter sein!

Gerade verschwand er in einem Zimmer. Im Flur war ein Servicewagen mit Getränken und Süßigkeiten für die Minibar geparkt. Nun bekam Peter ein wenig Angst vor der eigenen Courage. Ihm war keine Zeit geblieben, um nachzudenken. Stattdessen hatte er sich Hals über Kopf ins Abenteuer gestürzt – aber das musste ja nicht unbedingt schlecht sein.

Er entschied sich, offensiv vorzugehen. Ob er Mr Carter mit dem Vorwurf konfrontieren sollte? An der Reaktion würde er sicher einiges ablesen können. Der Zweite Detektiv blieb vor der Tür stehen und wartete. Je länger es dauerte, umso mehr wuchs seine Nervosität.

Endlich öffnete sich die Tür und der Mann kam heraus. Er nahm zwei kleine Cola-Flaschen vom Wagen.

»Entschuldigen Sie«, sagte Peter.

»Bitte?«

»Es geht um Zimmer …« Der Zweite Detektiv musste nachdenken. Er hatte gar nicht auf die genaue Nummer geachtet. War es 1408 gewesen? »… Nummer 1408.«

Carter nickte. »Wohnst du dort?«, fragte er höflich. »Habe ich vergessen, etwas nachzufüllen?«

»Dort wurde eingebrochen.« Peter achtete bei diesen Worten genau auf die Reaktion seines Gegenübers.
Mr Carter blieb scheinbar ungerührt.
»Waren Sie heute schon in dem Zimmer?«, fragte Peter.
»Warum willst du das wissen?«
»Ist Ihnen dort irgendetwas aufgefallen?«, fragte Peter.
»Was soll mir aufgefallen sein?«
Peter glaubte, dass sein Gegenüber nervös wurde. Ein gutes Zeichen. Ob er tatsächlich der Übeltäter war? »Irgendetwas, Sir. Besondere Unordnung oder …«
»Ich war noch nicht in dem Zimmer«, behauptete Carter barsch. »In das Stockwerk komme ich erst noch.«
»Sicher?«, hakte Peter nach. Das sah gut aus. Stephen Carter log! »Ein Junge hat Sie aber gesehen, wie Sie …«
Weiter kam er nicht. Plötzlich rammte ihm der andere die flache Hand gegen die Brust, dass Peter rückwärtstaumelte und gegen den Servicewagen krachte. Es klirrte, als dutzende Fläschchen gegeneinanderstießen. Erdnusstütchen rutschten über die Kante und prasselten auf den Boden. Auch eine kleine Weinflasche kippte, fiel und zerplatzte.
Peter musste vorsichtig sein, um nicht in den Scherben zu landen. So verlor er wertvolle Zeit, während der ertappte Dieb die alarmgesicherte Tür zum Treppenhaus aufriss. Eine schrille Sirene heulte auf.

Weiter auf Seite 12.

Du bist von Seite 119 oder 133 hierhergelangt.

Das Rolltor schob sich weiter in die Höhe.
»Rein mit euch!«, befahl der Entführer mit barscher Stimme.
Die drei ??? schauten sich überrascht an. »Du hier?«, sagten Justus und Bob, während Peter »Ihr hier?« rief.
Die Maske vor dem Gesicht ihres Gegners verhinderte, dass die drei Jungen ihn erkennen konnten. Er hielt eine Pistole in der Hand. »Hier sind die Spielregeln«, sagte er mit verstellter Stimme, nachdem er die beiden Detektive in den kleinen Raum gestoßen hatte. Der Stoff verzerrte die Stimme zusätzlich. »Ihr bleibt ein paar Stunden da drin und verhaltet euch still. Ich bin fast am Ziel und lasse mir jetzt nicht alles verderben. Heute Abend lass ich euch hier rausholen. Euch passiert nichts! Aber wenn ihr Lärm macht, wird Mrs Riker dafür bezahlen, klar?« Er hob die Waffe. »Verhaltet euch ruhig und alles wird gut!«
Ohne auf eine Reaktion zu warten, drehte er den Schlüssel im Schloss und das Rolltor fuhr wieder nach unten. »Denkt an Mrs Riker«, drohte er noch einmal.
Das Tor war schon fast wieder verschlossen, als Peter plötzlich eine Idee kam. Er konnte ihren Ausbruch vorbereiten … aber sollte er das wagen? Wenn ihr Gegner es bemerkte, konnte es gefährlich werden. Die Drohung war überdeutlich gewesen. Dennoch durften sie sich nicht einfach gefangen nehmen lassen – und lärmen würde er ganz gewiss nicht, wenn es mit Köpfchen auch ganz unauffällig ging!

Soll Peter aktiv werden? Auf zu Seite 55.
Oder nicht? Lies weiter auf Seite 21.

Du bist von Seite 71 hierhergelangt.

»Dass dieser Mr Carter im Zimmer war«, sagte Inspektor Barrany, »beweist überhaupt nichts!«

»Natürlich nicht«, stimmte Justus zu. »Aber wir müssen ihn dennoch befragen. Er ist ein Verdächtiger.«

»*Wir* müssen gar nichts«, meinte Barrany mürrisch. »Ihr haltet euch da raus. Mein Kollege und ich übernehmen das.«

Der Erste Detektiv schwieg. Er war es zwar gewohnt, dass Polizisten nicht immer begeistert auf die drei ??? reagierten, aber Barrany schien seine gute Laune beim Frühstück vergessen zu haben. Sein Partner, laut seinem Namensschild hieß er Clanton, seufzte.

»Dann sollten Sie sofort mit ihm sprechen«, beharrte Justus. »Ehe er das Diebesgut irgendwo verstecken kann.«

Barrany ignorierte den Hinweis und wandte sich an Mrs Riker. »Wo finden wir diesen Mr … wie hieß er doch gleich?«

»Stephen Carter«, wiederholte Justus, was ihm erneut einen mürrischen Blick einbrachte. Er korrigierte seine Einschätzung. Wahrscheinlich war der Inspektor nie gut gelaunt.

»Ich suche ihn und teile ihm mit, dass Sie mit ihm sprechen wollen«, bot Mrs Riker an. »Von seinem Zeitplan her müsste er eigentlich irgendwo hier in der Nähe sein und sich um die Zimmer kümmern.« Sie ging in Richtung der Aufzüge, schon wieder mit dem Handy in der Hand. Die anderen betraten das Zimmer, nur die drei ??? blieben zurück.

»Hm«, meinte Peter. »Vielleicht sollten wir diesen Carter doch lieber auf eigene Faust suchen.«

Soll Peter das tun? Dann ab zu Seite 120.

Oder einfach der Dinge harren? Geh zu Seite 52.

Du bist von Seite 99 hierhergelangt.

Tatenlos noch zwei weitere Tage abzuwarten kam für die drei ??? nicht infrage! Ein Plan musste her, wie sie Mr Krolops Schlüssel an sich bringen konnten, um selbst aufs Dach zu kommen.

Die obersten Stockwerke dienten als reine Techniketagen, in denen keine Gästezimmer oder Mietwohnungen lagen. Dorthin könnten sie mit ihrer speziellen Aufzugskarte zwar kommen, aber das half nichts, solange ihnen die Dachluke selbst verschlossen blieb.

Sie berieten fieberhaft das weitere Vorgehen. Wie wäre es, wenn sie Krolop als Türöffner benutzten? Sie könnten vorab die Polizei informieren, Krolop in aller Seelenruhe von ihrer Vermutung über den Verbleib der 100 000 Dollar berichten und ihn fragen, ob er mit ihnen aufs Dach gehen könnte. Schließlich wusste er nicht, dass sie über ihn Bescheid wussten und seine Identität als Dieb und Entführer aufgedeckt hatten. Wenn sie dann auf dem Dach waren, konnte Inspektor Barrany eingreifen und den Verbrecher verhaften.

»Zunächst aber«, stellte Justus nüchern fest, »müssen wir ihn überhaupt erst mal finden.« Sie beschlossen, das Risiko einzugehen und ihn noch einmal von Mrs Riker anrufen zu lassen. Doch er hob nicht ab.

Also entschieden sich die drei ???, sich zunächst in den obersten Stockwerken umzusehen, um sich ein Bild von der Lage dort zu verschaffen. Vielleicht gelang es Peter ja doch, die Dachluke zu öffnen. Irgendwie konnten sie sich nicht vorstellen, dass es sich tatsächlich um ein Hochsicherheitsschloss handelte. Immerhin waren schon die obersten Stockwerke für die normalen Hausgäste nicht zu erreichen.

Sie gingen zu den Aufzügen, um mithilfe ihrer Spezialkarten bis unters Dach zu fahren.
»Kollegen«, sagte Peter tonlos. »Schaut euch das an!« Er wies auf die Leuchtanzeige, die den aktuellen Standort der Aufzugskabinen anzeigte.
Eine stand offenbar im obersten Stockwerk. Dort, wo nur eine Person hinfahren konnte.
Krolop!
»Er ist oben«, rief Justus. »Das kann kein Zufall sein! Er weiß das mit der Zinne! Los.« Er drückte den Rufknopf wieder und wieder. Es schien Stunden zu dauern, bis die Kabine endlich kam. Sekunden später fuhren sie im großen Aufzug nach oben.
Peter schaute sich unbehaglich um.
»Was ist mit dir los?«, fragte Bob.
»Ich denke nur gerade an den Zwischenfall mit dem Kühlraum. Das hier ist der Sarg-Aufzug.« Der Zweite Detektiv verzog unbehaglich das Gesicht.
Justus verdrehte die Augen. »Mensch, Peter …«
Endlich erreichten sie ihr Ziel. Den Aufzügen gegenüber lag ein kleines Fenster, das einen atemberaubenden Blick über Los Angeles bot. Aber dafür hatten die drei ??? keinen Sinn.
Sie hörten ein Geräusch. Und einen Fluch.
Das war Krolop!

Weiter auf Seite 32.

Du bist von Seite 75 hierhergelangt.

Justus beugte sich zu dem Mädchen. »Hab keine Angst. Es brennt nicht. Das sieht nur so schlimm aus mit dem Wasser.« Innerlich hätte er am liebsten aufgeschrien. Er musste Krolop verfolgen!

»Unsere Eltern sind nur kurz runtergegangen«, erklärte der Bruder der Kleinen mit großen Augen. »Was ist denn los?«

Braunes Wasser spritzte Justus auf den Rücken, während sich Peter wieder aufrappelte und Bob sich durch die Wasserstrahlen vorwärtskämpfte. Der Feueralarm heulte ohrenbetäubend weiter. Immer mehr Türen öffneten sich, irgendjemand schrie.

Das Chaos war perfekt – Krolop hatte einen verheerenden Schaden angerichtet und sich einen spektakulären Abgang verschafft.

Schon standen einige Leute auf dem Korridor. Jetzt um die Mittagszeit waren immerhin nicht allzu viele Gäste im Hotel. Peter rannte an Justus vorbei in Richtung der Aufzüge. Auch der Erste Detektiv löste sich nun aus dem Klammergriff des kleinen Mädchens, aber sein Zögern hatte wertvolle Sekunden gekostet. Sekunden, die sie nicht mehr aufholen konnten und die ihr Gegner zur Flucht genutzt hatte!

Der Aufzug war geschlossen und rauschte nach unten. Peter hetzte ihm über das Treppenhaus hinterher, aber es war zu spät. Krolop war entkommen.

Und er tauchte auch nicht mehr auf. Krolop hatte seine Flucht perfekt inszeniert. Bob musste den Fall »Hotel der Diebe« unerledigt zu den Akten legen ...

Du bist von Seite 72 hierhergelangt.

Das letzte Licht, das von der Tiefgarage her einfiel, wurde vom sich schließenden Rolltor abgeschnitten. Im letzten Moment schnappte sich Peter die Taschenlampe. Die Finsternis legte sich wie ein schweres, drückendes Tuch auf ihn. Er nestelte an der Lampe herum, bis er den Schiebeknopf ertastete. Das Licht beruhigte ihn. Der kleine Raum maß nur gut drei auf vier Meter und war rundum gefliest, ansonsten völlig leer, bis auf ein paar kleine Bretter, die vor der Stirnwand lagen. Eine Lüftungsanlage brummte leise.

Mit einem Mal begriff Peter, was das für ein Raum war.

Ihm lief es kalt den Rücken herunter. Mr Krolop, der Technikmeister des Hotels, hatte ihnen davon erzählt. Das musste der Kühlraum zur Zwischenlagerung der Särge sein …

Darum drang mit der frischen Luft auch eisige Kälte aus den Lüftungsöffnungen an der Decke. Peter fröstelte und fragte sich, *wie* kühl es wohl noch werden würde. Immerhin hatte sein Entführer wohl Mitleid mit ihm. Dafür sprachen die Taschenlampe und die Tatsache, dass er die Lüftungsanlage überhaupt eingeschaltet hatte. Sie sorgte zwar für arktische Temperaturen, aber immerhin wurde Peter die Luft nicht knapp.

Auf dem Boden lag ein ausgedrucktes Blatt, Peter entdeckte es erst jetzt. Er las, was darauf gedruckt stand: »Wenn du Lärm machst, werde ich es mitbekommen. Dann geht es deinen Freunden schlecht. Also verhalte dich still, bis alles vorbei ist.«

Das war eindeutig.

Weiter geht's mit Peter im Kühlraum auf Seite 119.

Du bist von Seite 139 hierhergelangt.

Peter eilte der dicken Frau nach, die entrüstet davonstampfte und dabei ein drittes Mal den Satz vor sich hin murmelte, als wäre er der letzte Strohhalm, an den sie sich noch klammern konnte: »Das ist ja ungeheuerlich …«

»Hören Sie, Mrs …?«, sagte er.

»Was geht dich mein Name an?«, keifte sie zurück, offenbar noch immer völlig fassungslos darüber, dass sie bestohlen worden war. Sie trug einen Bademantel, der im Schulter- und Rückenbereich nass war. Offenbar hatte sie sich nach dem Duschen nicht völlig abgetrocknet, ehe sie hineingeschlüpft war. »Oder weißt du etwas über meine gestohlenen Sachen? Meine ganzen Kleider sind weg! Das ist ja …«

»… ungeheuerlich«, sagte der Zweite Detektiv. »Das finde ich auch.«

Sie stutzte und sah Peter zum ersten Mal richtig an. »Das hast du gut gesagt, Junge«, meinte sie erstaunt. »Weißt du etwas darüber?«

»Das nicht, aber …«

»Dann lass mich in Ruhe! Warum kommt denn keiner vom Hotel hierher? Das ist ja …« Sie unterbrach sich selbst, vielleicht weil sie bemerkte, dass sie schon wieder dasselbe sagen wollte.

»Meine Freunde und ich sind Detektive«, stellte Peter klar. »Wir würden Ihnen gerne helfen, Ihre Sachen wiederzufinden.«

»Ein Detektiv? Du? So ein Unfug! Da muss richtige Polizei her! Keine Kinder! Du und deine Freunde? Ha! Wie viele seid ihr denn? Fünf vielleicht?«

»Drei«, erklärte Peter. »Wir sind die drei ???.«

Da hatte sich die dicke Frau schon umgedreht und schnappte sich ein Handtuch aus dem Wandregal. Peter würdigte sie keines Blicks mehr.

Doch so leicht wollte sich der Zweite Detektiv nicht abwimmeln lassen. Endlich gab es eine konkrete Spur, da hieß es, hartnäckig zu bleiben. »Entschuldigen Sie, Mrs …?«

Wieder nannte sie ihm ihren Namen nicht. Stattdessen rauschte sie an ihm vorbei in Richtung Tür. Peter folgte ihr. Die Spinde waren von hier aus nicht mehr zu sehen.

»Ich will Sie gar nicht lange belästigen«, setzte Peter erneut an.

»Das tust du aber! Als wäre das nicht ungeheuerlich genug, was mir passiert ist.« Sie schloss die Tür hinter sich. Offenbar wollte sie zurück auf ihr Zimmer.

»Nur ein paar Fragen«, meinte der Zweite Detektiv. Er merkte, dass es ihm vor lauter Müdigkeit schwerfiel, sich zu konzentrieren. Aber jetzt gab es kein Zurück mehr!

»Na gut«, tönte es hinter der Tür. »Trotzdem finde ich das lächerlich. Drei Auslassungszeichen, schön … aber blöd!«

»Drei Fragezeichen«, korrigierte Peter und öffnete die Tür. »Danke, dass Sie mir ein paar Fragen …«

Weiter kam er nicht. Die Frau schrie auf, schriller noch als zuvor, als sie den Diebstahl bemerkt hatte.

Peter erstarrte. Das war nicht einfach nur irgendeine Tür gewesen …

Was hatte er bloß getan?

Ups. Ahnt ihr's? Lest weiter auf Seite 110.

Du bist von Seite 32 hierhergelangt.

Peter schob alle Bedenken beiseite und riss die Tür auf. Krolop machte sich gerade an einer riesigen roten Maschine zu schaffen. Als er Peter bemerkte, sprang er sofort auf ihn zu.
Der Zweite Detektiv machte sich auf einen Kampf gefasst. Er wich einem Faustschlag aus und versuchte, Krolop zu packen, doch der duckte sich und rammte Peter die Schulter gegen den Brustkorb. Peter prallte mit dem Rücken gegen die Maschine.
Schon waren Bob und Justus heran und stellten sich Krolop in den Weg. »Geben Sie auf! Wir …« Weiter kam der Erste Detektiv nicht. Krolop stürmte auf ihn zu, fasste ihn an beiden Armen und stieß ihn zur Seite. Der Technikmeister bewegte sich erstaunlich schnell. In derselben Bewegung trat er Bob die Beine weg, sodass der dritte Detektiv stürzte und halb im Türrahmen liegen blieb. Der Oberkörper ragte in den Flur. Gewandt sprang Krolop über Bob, und noch ehe sich die drei ??? wieder aufrappeln konnten, hatte ihr Gegner schon einen großen Vorsprung. Diesmal war Justus zuerst auf den Beinen, quetschte sich an Bob vorbei und rannte Krolop hinterher.
Der hetzte zurück zur Aufzugsmaschinerie und dann durch eine Glastür, die er hinter sich schloss. Justus sah, wie Krolop eine Kiste packte und vor die Tür schob. Noch ehe der Erste Detektiv heran war, folgte eine zweite Kiste – und eine dritte, die Krolop genau unter die Klinke klemmen konnte. Er warf Justus einen bitterbösen Blick zu und rannte weiter.
Der Anführer der drei ??? rüttelte an der Klinke. Vergeblich, der Kistenstapel klemmte sie fest. Weil die Tür komplett aus Glas bestand, konnte Justus es genau sehen.

Er versuchte es mit aller Kraft, warf sich sogar gegen die Tür, doch die Kisten rutschten keinen Millimeter zur Seite.
Seine Freunde kamen. »Sucht einen anderen Weg hier raus!«, rief er ihnen zu.
»Bob, geh du!«, bestimmte Peter und machte sich gleichzeitig an der Tür zu schaffen – ebenso erfolglos wie Justus.
Der dritte Detektiv kam schon nach einer Minute zurück. »Keine Chance, es geht nur hier raus.«
»In dem anderen Teil dieser Etage muss die Dachluke liegen«, sagte Justus verzweifelt. In diesem Moment stieg Krolop wohl hinauf. Vielleicht stand er auch schon vor den goldenen Zinnen und damit womöglich vor den 100 000 Dollar.
Und sie saßen hier fest! Das durfte doch nicht wahr sein.
»Es gibt noch eine Möglichkeit«, sagte Peter, schaute sich um – und schnappte sich einen schweren Werkzeugkoffer, der neben den Aufzugsmaschinen stand. »Ich bring uns hier raus. Geht zur Seite!«
Bobs Augen weiteten sich, als er begriff. Gemeinsam mit Justus eilte er von der Tür weg. Im nächsten Moment schleuderte Peter den Koffer gegen die Glastür und die Scheibe splitterte klirrend. Der Werkzeugkoffer fiel nicht ganz durch, sondern krachte zurück auf den Boden. Das Loch in der Scheibe war aber groß genug, dass sie die Kiste wegstoßen konnten, die die Klinke blockierte. Danach drückten sie mit Gewalt die Tür auf.
Schon nach wenigen Schritten standen sie vor der offen stehenden Dachluke, zu der eine schmale Leiter führte.

Atemlos weiter zu Seite 140.

Du bist von Seite 47 hierhergelangt.

Justus entschied sich, Peters Handy nicht anzurufen. Selbst wenn sich ihr Gegner tatsächlich in Sichtweite, also irgendwo in der Tiefgarage aufhielt, war es besser, ihn nicht weiter zu provozieren. Schließlich hatte er unmissverständlich verlangt, dass sich die drei ??? zurückhielten – und er hatte Peter als Druckmittel in der Hand!
Da hieß es, Vorsicht walten zu lassen.
Also ließ der Erste Detektiv das Handy wieder in seiner Hosentasche verschwinden. »Gehen wir nach oben«, sagte er zu Bob. »Wir müssen nachdenken.«
Sie durften nicht riskieren, dass ihr unbekannter Gegner Peter etwas antat. Das bedeutete aber nicht, jetzt tatenlos aufzugeben. Etwas fiel ihnen bestimmt ein. Sie mussten nur in Ruhe überlegen.
Justus zermarterte sich bereits das Gehirn. Der Gedanke, dass sie ihrem Gegner vielleicht ganz nahe waren, ließ ihn nicht los. Sie gingen zur Tür, die über den unterirdischen Korridor zurück in Richtung Lobby führte. Von der Garage her ließ sie sich mithilfe der Zimmerkarten automatisch öffnen. Das Kontaktfeld lag direkt neben der Klingel an der Wand.
Als Justus noch in seiner Hosentasche nach der Karte fischte, ertönte eine dumpfe Stimme, die er vom Handy kannte: »Keine Bewegung! Ich habe eine Waffe! Umdrehen – so, dass ihr auf das Rolltor schaut. Sofort!«
Bob ächzte, auch Justus erschrak und schalt sich zugleich selbst einen Narren. Sie waren zu unvorsichtig gewesen! Die beiden Jungen gehorchten. Was blieb ihnen auch anderes übrig, wenn ihr Gegner sie mit einer Waffe bedrohte?
Justus lief es kalt über den Rücken. Sie waren genau in die

Falle getappt. Aus dem Augenwinkel sah er den Mann, der sie bedrohte, konnte aber wegen der Strumpfmaske, die er trug, sein Gesicht nicht erkennen. Er war recht schlank und nicht gerade klein, das war alles, was er sagen konnte.
»Gebt mir eure Handys. Sofort!«, herrschte der Unbekannte sie an. »Reicht sie mir, ohne euch umzudrehen.«
Justus und Bob gehorchten. Der Fremde riss ihnen die Geräte aus den Händen. Sofort danach warf er einen Schlüssel vor den beiden Jungen auf den Boden. »Aufheben und das Tor aufschließen! Sofort!«
Es wunderte Justus nicht, dass er es eilig hatte. Schließlich konnte jeden Augenblick jemand in die Tiefgarage kommen. Doch in dieser Hinsicht hatten sie Pech – niemand tauchte auf, um sein Auto zu holen. Um die Mittagszeit war in einer Hotelgarage natürlich am wenigsten los. Wer abreiste, war schon weg; wer anreiste, kam für gewöhnlich erst am späteren Nachmittag an.
Justus bückte sich und steckte den Schlüssel ins Schloss.
Das Rolltor öffnete sich ratternd und auf die beiden Jungen wartete eine Überraschung.

Weiter auf Seite 122.

Du bist von Seite 81 hierhergelangt.

Bob griff verzweifelt hinter sich. Er bog seinen Körper nach hinten, rutschte weg und landete mit beiden Händen auf dem Metallboden. Fest abstützen konnte er sich auf dem glitschigen Metall nicht und schlingerte deshalb zur Seite.
Nur mit Mühe verkniff er sich einen Schrei und tastete hilflos mit den Füßen, ohne sie irgendwo aufstemmen und seine Lage damit stabilisieren zu können.
Und all das spielte sich keine zwei Meter von ihrem Gegner ab, der in aller Seelenruhe weitertelefonierte. Wenigstens gelang es Bob, so leise zu sein, dass Krolop ihn nicht hörte. Trotz aller Hektik versuchte er sich ruhig und gezielt zu bewegen.
Der dritte Detektiv konnte jedes Wort seines Gegners verstehen: »Wann machen Sie Pause? … Gut, dann komm ich frühestens um zwei Uhr zu Ihnen … Okay … Ja, dann guten Appetit.«
Währenddessen kippte Bob im Schacht seitlich um, landete an der Wand, die mit einem schmierigen Film überzogen war. Er rutschte mit den Haaren und der Wange über die Schicht aus altem, ranzigem Fett, das sich dort abgesetzt hatte. Der Geruch drehte dem dritten Detektiv fast den Magen um.
Wenigstens hatte er einigermaßen sicheren Halt gefunden und drohte nicht mehr in den Schacht zu stürzen. Er kam auf dem Rücken zu liegen.
Seine Kleidung konnte er völlig vergessen. Es gab nicht etwa Fettflecken darauf – er war wie in Fett gebadet! Zum ersten Mal in seinem Leben wusste er, wie sich eine Fritte fühlte. Aber wenigstens war er nicht entdeckt worden.
Krolops Schritte entfernten sich. Bob schob sich vorsichtig rückwärts aus dem Schacht, achtete sorgsam darauf, nicht

wieder den Halt zu verlieren und auf dem fettigen Boden ins Rutschen zu kommen.
»Nie wieder«, murmelte er vor sich hin und empfand mit einem Mal einen Heidenrespekt vor den Leuten, die den Abzugsschacht säubern mussten. Er hatte einmal eine Dokumentation über die Abläufe hinter den Kulissen großer Gebäude gesehen: Die Schächte mussten hin und wieder gereinigt werden, weil das abgelagerte Fett eine große Brandgefahr darstellte. Er wusste also eigentlich, dass sich kiloweise Fett an den Schachtwänden absetzte. Nur hatte er nicht mehr daran gedacht, als er sich vorhin schnell entscheiden musste.
Bob ging zu seinen Freunden in Zimmer 1202 und gab ihnen einen kurzen Bericht über die Lage der Dinge. Justus und Peter wollten Krolop ausfindig machen.
Für Bob stand erst einmal eine ausgedehnte Dusche an. Weil ihnen seit ihrer Entführung die Handys fehlten, war es nicht mehr so einfach, in Verbindung zu bleiben. Als Treffpunkt vereinbarten die drei ??? deshalb ab sofort Mrs Rikers Büro.
Der dritte Detektiv zog die Schuhe aus, weil jeder seiner Schritte Fettspuren hinterließ, und machte sich auf den Weg in sein Zimmer. Dort stieg er in die Dusche und schaute skeptisch seine Duschgel-Flasche an. Ob sie wohl reichen würde?

Lassen wir doch Bob erst mal in Ruhe duschen. Auf Seite 96 liest du, was Justus und Peter inzwischen erleben.

Du bist von Seite 114 hierhergelangt.

Justus und Bob warteten vor Mrs Rikers Büro auf ihren Kollegen. Der dritte Detektiv saß in einem bequemen Ledersessel in einer Nische, während sein Freund mit dem Rücken gegen eine Säule lehnte.

Mrs Riker war im Haus unterwegs, um etwas wegen des neuesten Einbruchs zu regeln. Sie hatte versprochen, so schnell wie möglich zurückzukommen und den Jungen den Dienstplan der letzten Tage auszudrucken, auf dem stand, wer in den letzten Nächten im Hotel gearbeitet hatte.

»Peter braucht aber lange.«

Bobs Stimme riss Justus aus den Gedanken. »Seltsam, wirklich«, murmelte er abwesend. »Wenn irgendetwas passiert wäre, könnte er sich doch melden.« Der Anführer der drei ??? zog sein Handy, um nachzuschauen, ob er das Klingeln vielleicht überhört hatte. Nichts. Weder Peter noch sonst jemand hatte sich in den letzten Minuten gemeldet.

Justus tippte rasch die Kurzwahlnummer für Peters Handy. Es klingelte einige Male, dann sprang die Mailbox an. Nachdenklich legte der Erste Detektiv auf und wählte die Nummer von Peters Zimmer im Hotel. Es läutete, viermal, fünfmal, zehnmal. Justus legte auf. »Im Zimmer ist er auch nicht.«

»Da stimmt doch was nicht!«, sagte Bob besorgt.

Wie schon erwartet, fanden sie ihren Freund nicht in ihren Zimmern, als sie dort nachschauten. »Ob ihn jemand entführt hat?«, fragte Bob bang. »Vielleicht hat der Dieb bemerkt, dass wir ihm auf der Spur sind. Kann doch sein, dass wir sogar näher an ihm dran sind, als wir selbst wissen.«

Dem konnte Justus nicht widersprechen. »Wenn jemand Peter angegriffen hat, dann nicht hier im Zimmer. Alles sieht

völlig in Ordnung aus. Los, zurück zu Mrs Rikers Büro! Dorthin hatte sich Peter sicher auf den Weg gemacht. Schauen wir, ob er uns unterwegs irgendwelche Zeichen hinterlassen hat!«
Doch die beiden Jungen entdeckten nichts – Peter blieb spurlos verschwunden.
Wenigstens war ihre Auftraggeberin in der Zwischenzeit in ihr Büro zurückgekehrt. Sie erzählten ihr von den neusten Ereignissen. »Peter könnte natürlich noch im Haus sein«, sagte Justus, »oder der Entführer hat ihn aus dem Hotel gebracht. Wir sollten zuerst die zweite Möglichkeit ausschließen!«
»Gut«, meinte Bob. »Wo könnte jemand Peter aus dem Haus geschafft haben?«
Mrs Riker dachte nach und spielte dabei nervös mit einem Kugelschreiber. »Ihr erlebt Sachen, das … das gibt's ja gar nicht. Also, man kommt nur durch den Hauptausgang vor der Rezeption ins Freie. Oder durch die Küche.« Noch ehe Justus etwas sagen konnte, ergänzte sie: »Und durch die Bar.«
»Den Hauptausgang können wir wohl getrost streichen«, stellte Justus fest. »Dort wären Peter und sein Entführer garantiert gesehen worden. Was ist mit der Küche?«
»Eine Menge Leute arbeiten jetzt dort«, erklärte Mrs Riker. »Man hätte Peter genauso gesehen. Niemand kann auf diesem Weg unauffällig das Hotel verlassen. Durch die Bar genauso wenig – sie ist um diese Zeit geschlossen und der einzige Eingang führt direkt an der Rezeption vorbei.«
»Also ist Peter noch im Haus!«, schlussfolgerte Justus. »Und wir werden ihn finden!«

Auf zu Seite 45!

Du bist von Seite 117 hierhergelangt.

Die Spinde hatten ein einfaches, aber eigentlich wirkungsvolles Sicherheitssystem. Wenn die Besucher die Tür geschlossen hatten, gaben sie einen vierstelligen, selbst gewählten Code ein und drückten danach die Verriegelungstaste. Um die Tür zu öffnen, musste dieser Code wieder eingetippt werden.

»Nicht schlecht«, kommentierte der Zweite Detektiv. »So braucht man keine Schlüssel mit sich herumzuschleppen. Ich hasse diese Bändchen, die man sich ums Handgelenk fummeln muss.«

»Und so ein Code ist gleichzeitig ziemlich sicher«, meinte Justus. »Ein Dieb könnte die Türen natürlich mit Gewalt aufbrechen, aber das scheint hier nicht passiert zu sein. Alles sieht ganz in Ordnung aus.«

»Vielleicht eine kleine versteckte Überwachungskamera?«, fragte Peter und schaute sich um. »Ihr wisst schon, so könnte der Dieb verfolgen, welche Nummern eingegeben werden, und damit einfach die Tür öffnen.«

Justus nickte anerkennend. »Gute Idee, Zweiter. Aber wer könnte sie hier angebracht haben? Ein Angestellter?«

»Auch jeder Gast, der sich für ein paar Tage im Hotel eingemietet hat. Wir müssen einfach mal alles absuchen, ob …«

Er unterbrach sich, als ein blondes Mädchen im Bikini auf sie zukam. Es mochte etwa so alt sein wie die drei ??? und war ein echter Blickfang. Um die Hüften hatte es ein tropfnasses Handtuch gewickelt. Es blieb direkt neben Bob stehen.

Der grinste. »Ja? Was kann ich für dich tun, mmh …«

»*Mmh* ist gar nicht schlecht«, erwiderte das Mädchen. Ihre langen Haare klebten am Hals und den Schultern. »Ich bin *Melissa* – und du stehst direkt vor meinem Spind.«

»'tschuldige«, murmelte Bob und wurde rot.
Melissa lächelte ihn kess an. »Was ich damit sagen will, ist, dass du bitte zur Seite gehen sollst.«
Endlich tat der dritte Detektiv das.
»Ich bin Peter«, sagte Peter mit seinem besten Grinsen. Er streckte die Hand aus.
»Schon recht«, meinte Melissa, ohne dem Zweiten Detektiv die Hand zu schütteln. »Ich hab einen Freund, wisst ihr?« Sie schaute Peter an. »Schade eigentlich.«
Justus grinste zufrieden. Immerhin war er der Einzige, der sich in der letzten Minute nicht lächerlich gemacht oder eine Abfuhr erhalten hatte.
Noch ehe Melissa ihren Spind öffnen konnte, gesellte sich eine dicke Frau zu ihnen und blieb ratlos stehen. Sie beugte sich vor, las die Nummern der Spinde. »Das – aber das gibt es doch nicht! Das ist ja un-ge-heu-er-lich!« Die letzten Worte schrie sie, als wolle sie sämtliche Bedienstete des Hotels auf einmal herbeizitieren.
»Was ist denn passiert?«, fragte Peter.
Die dicke Frau wies auf eine der offenen Türen. »Das hier ist mein Spind. Meiner! Jemand hat ihn geöffnet und meine Sachen gestohlen!«

Wie geht es weiter?

Was Bob mit Melissa passiert, liest du auf Seite 58.

Willst du wissen, was Justus erlebt, gehe zu Seite 86.

Und Peters ganz spezielles Abenteuer steht auf Seite 128.

Du bist von Seite 26 oder 131 hierhergelangt.

Die drei ??? blieben stehen.

Justus hob den ausgestreckten Zeigefinger vor die Lippen. »Seid leise«, flüsterte er und deutete zur geöffneten Dachluke und der Leiter, die hinaufführte. »Wir müssen herausfinden, ob Krolop noch oben ist und sich an der goldenen Zinne zu schaffen macht.«

»Das übernehme ich«, sagte Peter, ohne zu zögern. »Wir müssen uns einen Plan zurechtlegen, wie wir ihn besiegen können. Er darf uns nicht entwischen.«

Der Anführer der drei ??? grinste breit. »Das sollte das geringste Problem sein, Zweiter. Wenn Krolop noch da oben ist, schließen wir die Luke und sperren ihn aus.«

Bob lachte leise. »Fantastische Idee, Just! Dort oben sitzt er fest. Auch zur Dachterrasse kann er es von da unmöglich schaffen, ohne sich den Hals zu brechen.«

Der Zweite Detektiv schlich auf die Leiter zu, schaute nach oben durch die Luke. Er sah nur den freien, wolkenlosen Himmel von Kalifornien.

Gut.

Dennoch musste er ständig damit rechnen, dass Krolop auftauchte und ihn angriff. Er setzte den Fuß auf die erste Sprosse der Leiter. Es knarrte nur leise. Wenn Krolop oben war, würde er es sicher nicht hören.

Peter stieg rasch hinauf, linste über die Kante hinauf aufs Dach. Er sah eine Menge Antennenaufbauten und schornsteinartige Gebilde, aus denen die Spitzen von Metallrohren ragten. Sicher Teile des Belüftungssystems. Am Rand des flachen Daches verlief eine gerade mal kniehohe Brüstung – nicht sonderlich sicher, aber normalerweise betrat ja niemand

das Dach. Entlang der Brüstung ragten ein Dutzend goldene Zinnen in die Höhe.
Nur von Krolop war nichts zu sehen.
Der Zweite Detektiv drehte sich um, lugte vorsichtig in die andere Richtung … und atmete erleichtert aus.
Er schaute auf Krolops Rücken. Der Technikmeister machte sich an einer der Zinnen zu schaffen, mit einem Schraubenzieher in der Hand. Im nächsten Moment hob er die goldfarbene Verkleidung ab, die sich als eine dünne Metallhülle über der gemauerten Zinne erwies.
Peter hörte Krolop auflachen. An der Zinne war mit dickem Draht ein großer Plastikbeutel befestigt.
Der Zweite Detektiv hatte genug gesehen.
Er kletterte so leise wie möglich die Leiter ein Stück hinunter und schloss dann vorsichtig die Luke hinter sich.
»Psst!« Justus zeigte aufgeregt auf die rechte Seite des Dachfensters. Tatsächlich: Mr Krolop hatte den Schlüssel stecken lassen! Peter verriegelte eilig die Luke und stieg zu den anderen beiden hinunter.
»Jetzt sitzt Krolop in der Falle«, sagte der Zweite Detektiv zufrieden.
»Stellen wir zur Sicherheit am besten noch die Leiter weg«, schlug Bob vor. Gerade in dem Moment, als die drei ??? sie an die gegenüberliegende Wand gelehnt hatten, hörten sie über sich einen wütenden Schrei. Krolop schlug vom Dach aus auf die Luke. »Macht auf! Lasst mich runter!«
Das kam den drei ??? nicht einmal im Traum in den Sinn. Krolop sollte dort oben festsitzen, bis die Polizei eintraf und ihn gefangen nahm.

»Nun hat er seine 100 000 Dollar«, meinte Bob und klang hörbar zufrieden. »Soll er glücklich damit werden, solange sie ihm gehören. Was schätzt ihr? Zwanzig Minuten? Dreißig?«
Tatsächlich dauerte es genau vierundzwanzig Minuten, bis Inspektor Barrany mit seinem schweigsamen Partner eintraf und kopfschüttelnd unter der Luke stand.
Kurze Zeit später übergab Bob den Plastikbeutel mit den 100 000 Dollar – 104 287 Dollar, wie sich später herausstellte – an Mrs Riker. »Ich glaube, Sie können die Akte nun endlich schließen. Ich weiß, wie das ist, wenn man ein Archiv zu pflegen hat.«
Inspektor Barrany führte Krolop ab, der alles zugab. Er hatte vor der Bürotür gelauscht, als Justus die Idee mit der goldenen Zinne gekommen war: Krolop hatte Bob gesehen und war ihm unauffällig zu Mrs Rikers Büro nachgeschlichen. Ein glücklicher Zufall für ihn, der ihm aber dennoch kein Glück gebracht hatte.
Ehe Barrany ging, sprach er die drei ??? noch einmal an. »Da kann der Kollege aus Rocky Beach ja tatsächlich froh sein, dass ihr ihn unterstützt. Wie hieß er doch gleich? Flotta?«
»Cotta«, verbesserte Justus lachend. Flotta. Das musste er sich merken. »Und ja, auch wenn er oft ein wenig mürrisch ist, so weiß er die Unterstützung durch die drei ??? doch meistens zu schätzen, würde ich sagen …«